Flores do jardim de Balaur

Carlos Orsi

primeira edição

editora draco

são paulo

2015

Carlos Orsi
Natural de Jundiaí (SP) é jornalista especializado em cobertura de temas científicos e escritor. Já publicou os volumes de contos *Campo Total e outros contos fantásticos* (2013) e *Tempos de Fúria*: contos de ficção científica (2015), e os romances *Nômade (2010)* e *Guerra Justa* (2010). Seus trabalhos de ficção aparecem em antologias como a *Imaginários v. 1*(2009), *Vaporpunk* (2010), *Dieselpunk* (2011), *Fantasias Urbanas* (2012) e revistas e fanzines no Brasil e no exterior.

Publisher: Erick Santos Cardoso
Revisão: Eduardo Kasse
Produção editorial: Janaina Chervezan
Arte e capa: Ericksama
Capa: Rafael Nunes

Dados Internacionais de Catalogação na Publicação (CIP)
Ana Lúcia Merege 4667/CRB7

O 76

Orsi, Carlos
Flores do jardim de Balaur / Carlos Orsi. – São Paulo : Draco, 2015.

ISBN 978-85-8243-019-4

1. Ficção brasileira I. Título.

CDD-869.93

Índices para catálogo sistemático:
1. Ficção : Literatura brasileira 869.93

1ª edição, 2015

Editora Draco
R. César Beccaria, 27 - casa 1
Jd. da Glória – São Paulo – SP
CEP 01547-060
editoradraco@gmail.com
www.editoradraco.com
www.facebook.com/editoradraco
Twitter e Instagram: @editoradraco

"Os filósofos de Satena, em Zenária, chamavam aquela de a Era do Ouro e Prata, quando os mascates de Tiblos, vindos do Oriente, se espalharam pelo mar de Totamat e dali chegaram ao continente darachiano, levando em suas naus, a um só tempo, civilização e decadência, luxo e miséria, a paz e a espada. Mais ao norte, nas terras proibidas de Tecaa, sacerdotes sanguinários acreditavam viver no Quinto Milênio depois da Peste; mas, nas academias de Zenária, onde os mestres usavam bastões de ouro e rubi, murmurava-se que nem mesmo os tecaanos, que espremiam corações vivos em honra a deuses sombrios, sabiam que peste havia sido aquela, e que mundo existira antes que Darach emergisse do oceano".

A Coroa de Totamat

Lirasa, segundo maior reino do continente de Darach, estava em guerra. Cantavam os menestréis que Goralos, bispo da cidade de Cadira, ousara não só propagar doutrinas heréticas, como ainda mandara executar os inquisidores enviados pelo patriarca. Tamanha ofensa ao Trono do Mensageiro de Ashivaz não seria aceita ou tolerada. Logo, todos os demais bispos do reino, de Samara a Satrampa, receberam ordens de enviar tropas para punir a cidade rebelde.

Ao redigir a proclamação da Guerra Santa, o patriarca Ompalios incluiu uma cláusula, um artigo de fé – inegável, irrevogável, inamovível – exigindo que a cabeça de Goralos, depois de devidamente seca e incensada, fosse deixada como oferenda sobre o altar do Grande Tabernáculo de Morcara, a Cidade Sagrada.

E isso a bula não dizia; mas entre clérigos e cortesãos comentava-se que o prazer de Ompalios seria muito maior se o artigo de fé se cumprisse antes do festival em honra a Balaur, o Touro das Estrelas, marcado pelos astrólogos para dali a três luas. Pois a heresia de Goralos ligava-se de forma estreita ao culto de Balaur; e ao patriarca agradavam tais ironias.

Para Hieron de Zenária, um estrangeiro solitário em meio a uma terra estranha, o conflito vinha em boa hora. Desde que abandonara os estudos na Grande Academia de Satena – sentindo-se por demais irrequieto para aceitar, de bom grado, a vida contemplativa recomendada pelos mestres-filósofos – ele se pusera a percorrer o mundo em busca de outras formas de alívio para as necessidades da alma. Pois os anos passados em Satena lhe haviam mostrado que seu espírito era atormentado por outros apetites, além da mera erudição. Diferente dos mestres e da grande maioria dos demais estudantes, Hieron não se satisfazia apenas ao ler, abstrair e debater. Ele queria ver, sentir, *experimentar*. E Hieron de Zenária jamais havia visto uma guerra religiosa. Portanto...

Não lhe havia sido difícil conseguir emprego como Mestre Engenheiro das tropas que sitiavam Cadira. Os lirasianos eram bons soldados quando chegava a hora do combate sangrento, mas de alguma forma o fervor religioso minava parte da paciência necessária à preparação das batalhas. O fato é que, desde que Hieron recalibrara os contrapesos, as catapultas vinham obtendo muito mais precisão. Além disso, o zenariano criara um engenhoso sistema, envolvendo bestas e outras estruturas mecânicas derivadas do arco, capaz de arremessar sucessivas salvas de dardos por sobre as muralhas e diretamente nas ruas de Cadira. Criação que lhe valera o posto de chefe da Artilharia.

– Mestre! Mestre Hieron!

O zenariano tinha alguma dificuldade em reconhecer o próprio nome quando pronunciado com sotaque lirasiano e, ainda por cima, quando vinha precedido pelo título de "mestre". Pelas leis da Academia, ele, tendo abandonado os estudos, jamais poderia vir reivindicar essa distinção. Mas, em Lirasa, as formalidades acadêmicas eram observadas de forma bem pouco estrita.

– Aqui, jovem Zeiros. Aqui.

Hieron supervisionava a construção de uma torre de sítio. Zeiros, o noviço que se aproximava correndo, tinha uma queda pela alquimia; e como a discussão das ciências especulativas não era especialmente favorecida pelo clero em geral, o "filósofo de Zenária" havia se tornado um misto de amigo, ídolo e professor para o rapaz.

– Mestre! Descobri algo...

– Sim?

– Algo que acho que devo lhe mostrar. Venha!

Hieron seguiu o noviço até uma clareira, na floresta que ficava atrás do acampamento das tropas. Ali, dois guerreiros aguardavam, ao lado de um caldeirão fumegante. Um deles carregava um escudo feito de couro curtido; o outro, um machado com lâmina de aço. O medo instintivo de uma armadilha fez a mão do zenariano buscar o cabo da espada, mas a arma permaneceu embainhada.

– Quantos golpes do machado o senhor acha que o escudo suporta? – perguntou Zeiros.

– Dois. Três, no máximo.

– Pois então, veja!

Usando uma grande colher de madeira, Zeiros retirou uma substância viscosa, da cor do âmbar, de dentro do caldeirão, e a derramou sobre o escudo. Alguns minutos se passaram enquanto o líquido secava, deixando uma película dourada sobre o couro.

– Agora, homens – disse o noviço. – E com vontade!

O guerreiro ergueu o machado sobre a cabeça, com as duas mãos, e golpeou. O escudo aparou o ataque sem problemas.

– Que tal? – perguntou Zeiros.

– Muito bom.

– Continuem!

Apenas uma dezena de golpes depois, com os dois guerreiros já quase extenuados, a película dourada veio a apresentar a primeira trinca. Abaixo, o couro continuava intacto.

– Essa é uma resina que consegui destilar das árvores koda – disse o noviço, cheio de orgulho. – Há muitas desse tipo na floresta; elas são muito finas e frágeis, por isso não as usamos para extrair madeira. Nesta época do ano, são derrubadas pela migração dos mastodontes, o que facilita ainda mais a colheita. Podemos usar a resina para revestir nossos escudos, torres... até as armaduras!

– Muito interessante – disse Hieron, com um sorriso enigmático. – Espere um pouco...

Caminhando devagar, o zenariano se dirigiu até o caldeirão e retirou um pedaço de madeira em brasa da fogueira que mantinha a resina quente. Com um movimento rápido e inesperado, ele jogou o tição sobre o guerreiro com o escudo que, num ato reflexo, ergueu-o para se proteger.

No instante em que a brasa a tocou, a resina irrompeu em chamas. Primeiro houve um som como o de uma explosão abafada, e então o fogo surgiu, mais alto e brilhante que o de uma pira funerária. Assustado, o guerreiro rapidamente jogou o escudo ao chão e, em seguida, usou o manto para abafar a chama.

– A resina é muito inflamável, rapaz – disse Hieron. – Não poderemos usá-la para o que você disse, pois nossos homens virariam verdadeiras tochas humanas. Mas a substância ainda pode ser útil... para flechas ou para os projéteis de catapulta, entre outras coisas. Talvez...

– Semanas de pesquisa! – o jovem esbravejou, mordendo o lábio com força. – Nem por um instante imaginei em testar com fogo... Que idiota! E o oráculo? Os presságios não me disseram nada! Estrume de Balaur! – Hieron fez força para não rir da expressão de espanto dos dois guerreiros. "Estrume de Balaur" era uma blasfêmia pesada por aquelas paragens; era surpreendente ouvi-la na boca de um noviço. – Se pelo menos Ashivaz me iluminasse, só, só um pouco...

– Não dependa tanto dos deuses, ó noviço – disse Hieron, assumindo seu melhor tom professoral. – Conte mais consigo mesmo. Se tiver dúvidas, estude. Experimente. Não apele para os presságios.

– É verdade que vocês, zenarianos, não têm deuses? – perguntou o noviço. Ele parecia feliz por encontrar uma deixa que permitisse mudar de assunto.

– Não é bem assim... Mas, na Academia, aprendemos que o homem que domina as Três Artes Maiores... que são a Guerra, a Matemática e a Poesia... pode viver sem qualquer ajuda dos deuses ou dos oráculos.

Zeiros pensou um pouco no assunto. Depois disse:

– E quem dá ao homem a capacidade de conhecer essas Artes? Quem as revela?

– A Natureza.

– E de onde vem a Natureza?

– E de onde vêm os deuses? – respondeu Hieron, com um quê de ironia na voz. – Vamos, não cruzei o continente para me envolver em uma disputa dialética com um fedelho mal saído do seminário. – Ele olhou para o céu, analisando a posição da Lua, que já aparecia por sobre as árvores. – Preciso ir. Está na hora da reunião do Conselho.

* * *

As reuniões ocorriam todas as noites, na tenda do Tabernáculo. A tenda era a maior estrutura do acampamento, com diâmetro igual a um oitavo do Grande Tabernáculo onde o patriarca concedia audiências, em Morcara. Vista por fora, a estrutura era como um enorme cone, muito mais largo do que alto, feito de peles de cavalo, madeira e bronze. Movê-la exigia mais de cinquenta bois.

Por dentro, com as paredes e o piso rústico revestidos e recobertos por tapeçarias de seda, veludo e fios de ouro, esse Tabernáculo móvel era idêntico à sala de audiências de qualquer bispo menor. Um homem que fosse inadvertidamente introduzido no espaço interno acreditaria estar nas dependências de um palácio clerical. Um palácio de dimensões modestas, com certeza, mas ainda assim...

Hieron ficou surpreso ao olhar para dentro da tenda. Era impossível ter certeza, principalmente com tantas dobras, voltas e camadas de cortinas, tapeçaria, mobília e almofadas projetando sombras em meio à iluminação deficiente, mas tudo indicava que o Tabernáculo estava vazio. O silêncio era tanto que, caminhando na direção da grande mesa do Conselho, Hieron quase podia escutar os próprios passos, ainda que abafados pelos vários tapetes de seda, lã ou veludo.

De repente, às costas do zenariano, alguém disse:

– Olá! Quem está aí?

Girando o corpo, Hieron se deparou com um vulto parado sob

o batente da porta. Um contorno atarracado e musculoso recortado no céu noturno. Era uma noite clara, de muitas estrelas.

O vulto, inconfundível, pertencia a Maabal de Tiblos, matador habilidoso e capitão de uma das tropas de mercenários estrangeiros. Maabal e Hieron eram os dois únicos não-lirasianos autorizados a falar perante o Conselho.

– Parece que só nós viemos aqui esta noite, capitão – disse o zenariano.

– Sangue de Hermal! – a voz do tiblosiano era alta, rouca e rascante, como se houvesse um demônio de garras afiadas alojado na garganta seca. – O primeiro oficial lirasiano que me cair nas mãos vai ...

– Por favor, senhores. Entrem. – Disse uma terceira voz, grave e cansada.

Hieron se voltou sem dar qualquer sinal de pressa ou espanto, mas na verdade contendo-se para não demonstrar surpresa. Alguém havia penetrado no Tabernáculo por alguma outra porta, em silêncio e, graças à penumbra, sem ser visto! Ou talvez, o zenariano ponderou, essa pessoa tivesse estado lá todo o tempo. Quantos espiões ou assassinos poderiam se ocultar atrás daquelas cortinas? Não era sábio manter reuniões de comando em um lugar assim, Hieron pensou, ao mesmo tempo em que reconhecia a voz: era o general Bacalos, comandante encarregado do cerco.

– Entrem, venham. – Repetiu Bacalos. – Hoje pretendo conversar apenas com os senhores.

– Uma audiência privada com o general? – Maabal parecia exultante com a ideia. Seus olhos brilhavam com uma luz raivosa, feroz. – Ótimo! Pois saiba, senhor, que um terço do pagamento de minha companhia veio em moedas de chumbo pintado! Tenho uma bolsa cheia com as malditas moedas inúteis aqui comigo... Se isso não for corrigido, os homens vão saquear o acampamento e degolar cada porco lirasiano que estiver coberto pelo manto de oficial e, Santo Hermal, eu vou gargalhar e gargalhar e gargalhar durante todo o massacre! Gargalhar e cuspir e mijar e cuspir de novo! Compreende, *senhor*?

– Entre, capitão. – Disse Bacalos. Ele não parecia impressionado com a explosão do comandante mercenário. – E fique quieto. Se servir de consolo, mandarei crucificar o tesoureiro. Mas precisamos tratar de coisas realmente importantes, sim?

Maabal grunhiu, mas obedeceu.

* * *

Os três se encontraram ao redor da grande mesa central – quatro pernas de aço engastado com prata e esmeraldas, sustentando um tampo maciço de mármore negro. O mármore era extraído das montanhas denarianas orientais, na fronteira com as terras selvagens de Bomuro e Tecaa; em Satena, os sábios diziam que era preciso uma magia poderosa para refinar a pedra e lhe dar aquela superfície escura, vítrea e polida como um espelho.

Nenhum servo entrou para acender mais velas, e o general não se moveu para aumentar o fluxo de azeite na grande lâmpada que pendia do vértice da tenda. A reunião aconteceria na penumbra.

– Olhem. – Disse Bacalos, apontando para o tampo de mármore negro.

Maabal e Hieron obedeceram, e viram algo inesperado: bem no centro, o mármore parecia *queimado* – havia uma marca vermelha ali, mas não era uma mancha natural da pedra, e nem tinta; era como se a própria rocha tivesse sofrido uma alteração radical de cor, forma e substância. A versão mineral de uma cicatriz.

Hieron reconheceu a marca como uma runa lirasiana, mas não pôde atinar com o significado. Uma runa do alfabeto clerical, talvez.

– Estamos aqui para discutir seus problemas com a mobília? – perguntou Maabal, achando que a pausa já havia durado demais. – O que está acontecendo, afinal?

– Isto – respondeu Bacalos, batendo sobre a mesa – é mármore consagrado. Sempre que o sangue de um sacerdote vivo de Balaur e Ashivaz toca o mármore consagrado, a pedra registra sua runa pessoal. Supõe-se que este seja um reconhecimento prestado pelos deuses… Já que, normalmente, na falta de oferendas adequadas, o sacerdote é obrigado a ofertar um pouco do próprio sangue durante as celebrações. A runa permanece, indelével, por treze luas… ou até que o sacerdote morra.

"*Esta* runa é a da papisa Caratis, que chefiava o grupo de inquisidores supostamente executado por Goralos. A runa prova que ela ainda está viva".

– E como o sangue de Caratis veio parar aqui, ó general? – perguntou Hieron.

– Um presente foi deixado sobre a mesa, esta tarde. Vejam.

Bacalos retirou um pequeno embrulho de pergaminho da faixa de seda em sua cintura e o colocou sobre o mármore. Ali dentro, havia uma argola de ouro batido e entalhado – muito parecida com a que os clérigos de Ashivaz usavam no nariz – mas metade do círculo estava coberta por uma crosta de sangue coagulado.

– Foi este o sangue que tocou a pedra consagrada – disse Bacalos. – Vindo deste anel. As inscrições confirmam que este é o anel de uma papisa; ele foi deixado sobre o mármore por um espião de Cadira. Goralos sabia que o Tabernáculo teria uma mesa consagrada, e mandou que o anel fosse posto aqui. Ele quer que o Conselho saiba que Caratis ainda está viva.

"Ele provavelmente imagina que, dessa forma, os bispos iriam suspender o cerco, e negociar. Vocês sabem, tão bem quanto eu, que, do jeito que as coisas vão, a cidade irá cair em poucas semanas. Talvez dias.

“Por isso eu disse aos bispos que a reunião de hoje seria cancelada. Sei que eles suspenderiam o cerco para negociar a vida de Caratis. Algo que não posso permitir”.

– Por quê, senhor? – quis saber Hieron.

– Porque o decreto do Patriarca exige a cabeça de Goralos. Minha responsabilidade é aplicar o decreto. A paz prematura tornaria isso inviável.

– Mas os bispos, com certeza...

– Mestre Hieron, você é esperto, mas não conhece a política lirasiana. Os bispos se preocupam com eles mesmos e com seus pares. A responsabilidade sobre o decreto é *minha*. Se a cabeça de Goralos não for depositada perante o altar de Morcara antes do próximo festival de Balaur, qualquer que seja o motivo, *eu* é que responderei por isso. Apenas eu.

“Mas, nas reuniões do Conselho, perante os bispos, represento apenas um voto. Ou até menos, pois, na hierarquia da igreja, sou apenas um grão-diácono, o que é pouco mais que um leigo. Por isso, preciso de vocês.

“Só há uma forma de um espião ter entrado no Tabernáculo, em plena luz do dia, para deixar o anel: ele tem que estar em conluio com algum membro da guarda episcopal. É provável que ele *seja* um guarda. Apenas eu e os membros dessa elite sabemos como entrar e sair sem sermos notados. O fato dele não ter tentado nada mais ousado – como me matar, queimar as provisões ou destruir as máquinas de sítio

– indica que se trata de apenas um homem, e que talvez não seja realmente um espião, mas apenas um soldado de moral fraca, do tipo que se presta a subornos pequenos e 'inofensivos'. De qualquer forma, esse homem, seja ele quem for, é alguém que tem acesso ao interior das muralhas, ou que conhece alguém lá.

"Eu quero que vocês encontrem esse homem. Vou lhes dar uma lista completa das senhas e contrassenhas de acesso às várias partes do acampamento, para que possam procurá-lo sem embaraços. Uma vez tendo encontrado o traidor, usem-no para ganhar acesso a Cadira e, uma vez dentro da..."

– O senhor está nos enviando em uma missão de resgate? É isso? – perguntou Maabal. – Hermal seja louvado, eu *mato* pessoas por profissão! Não pretendo arriscar meu pescoço tentando contrabandear uma beata, muito provavelmente feia, velha e histérica, para fora de uma cidade amuralhada e em pleno estado de guerra!

– Capitão – Bacalos respirou fundo. Seus olhos refletiam uma luz gélida. – Eu quero que vocês ganhem acesso à cidade e, uma vez lá, *matem* a papisa Caratis. Assim que a inquisidora morrer, esta maldita runa desaparecerá, e o cerco poderá prosseguir sem maiores problemas. Amanhã, sem dúvida, o Conselho verá a runa... É inevitável; não posso postergar a reunião indefinidamente. Assim, todas as atividades militares deste acampamento terão que ser interrompidas. Temporariamente.

"Se, cumprida esta missão prioritária, vocês se virem em

posição de conquistar alguma outra vantagem para nossas forças, façam-no. Mas a diretriz é: encontrem e matem Caratis, e qualquer outro inquisidor que ainda esteja vivo. Alguma pergunta?"

– Não – respondeu Maabal. Ele parecia bem mais satisfeito. – Nenhuma, senhor.

– Não, milorde – respondeu Hieron, depois de uma pausa. Seu olhar era pensativo. Sua mente parecia vagar a léguas dali.

* * *

Maabal havia sugerido que toda a guarda episcopal fosse passada pela chibata ou marcada a ferro até que alguém confessasse ter posto o anel sobre o mármore. Hieron, mais ponderado, achou melhor não.

– Se começarmos pelo homem errado – afirmou – o culpado irá perceber nossas suspeitas e fugirá.

Maabal resmungou um pouco. Certo, o plano era arriscado, e o espião poderia mesmo tentar fugir. Mas, que outra solução?

– Venha, ó condutor de guerreiros e mestre de massacres – disse Hieron. – Um soldado em sua posição deveria conhecer melhor a natureza de homens como os que lidera.

O acampamento das tropas de sítio era dividido em "bairros", primeiro por nacionalidade (os lirasianos afastados dos estrangeiros) depois por filiação (clérigos longe dos conscritos leigos, e esses longe dos mercenários) e, finalmente, por arma (lanceiros, granadeiros, arqueiros, infantaria – cada grupo tinha seu próprio conjunto de tendas e sua própria grande fogueira). Uma disposição que pode parecer irracional do ponto de vista tático, mas que pelo menos evitava as brigas, muitas vezes sangrentas, causadas por rusgas entre as diferentes tropas e nacionalidades.

Essa distribuição do pessoal restringia os embates entre cavaleiros e lanceiros, granadeiros e espadachins, loromitas e bomuranos à Ressaca, uma pequena área fora dos limites do acampamento. Na Ressaca estavam montadas as estacadas de pau a pique que abrigavam os bordéis e os cassinos que acompanhavam as tropas em campanha. Os homens precisavam de uma autorização oficial para ir até lá e tais permissões eram, às vezes, mais valorizadas que promoções de campo.

O tiblosiano, no entanto, era um oficial; e Hieron não era exatamente um militar, mas sim um artesão livre. Graças ao status diferenciado, ambos contavam com acesso irrestrito à Ressaca. Maabal, na verdade, era um freguês assíduo.

– Olá, homem de Tiblos – disse uma voz feminina, assim que os dois se aproximaram do grande pórtico do bordel, feito de presas de mastodonte amarradas com cânhamo e ervas aromáticas. – Vejo que o Santo Cajado de Hermal está bem protegido, hoje. – Sem qualquer motivo aparente,

Hieron reparou que Maabal usava um saiote de escamas de bronze.

A mulher, vestida apenas com três pedras preciosas e uma teia dourada (uma ametista em cada seio, uma safira no umbigo, uma rede de ouro envolvendo os pelos do púbis e realçando o contorno dos grandes lábios) devia ser a mestra do bordel. Seu corpo mostrava a flexibilidade, as curvas acentuadas e a musculatura suave de uma profissional bem preparada.

Havia um excesso de maquiagem ao redor dos olhos e da boca, no entanto; um lembrete da presença inescapável de Tempo e sua irmã e esposa, Idade – os únicos deuses reconhecidos (mas não adorados) em Zenária.

– Infelizmente, estou com pressa, Tasis – disse o mercenário, sorrindo. – Eu e meu amigo zenariano precisamos de algumas informações.

– Zenariano? Que interessante! – A mulher deu um passo à frente e, com um gesto ao mesmo tempo rápido e gracioso, deslizou a ponta dos dedos médio e indicador por sob a dobra da túnica de Hieron, acariciando os pelos do peito do filósofo sem, em nenhum momento, permitir que seus dedos fizessem contato direto com a pele suada.

– É verdade que na Academia ensina-se a... – a mulher começou a dizer, aproximando-se para falar, com voz úmida, junto ao ouvido do filósofo.

– Tasis, por favor! – O tom de Maabal era o de um pai

que se vê forçado a ralhar com a filha, um esboço de sorriso contradizendo o olhar duro.

– Ora, ora, não se irrite! Só estava pensando em diversificar os negócios... Você até iria gostar! – Ela riu, afastando-se do zenariano e retirando a mão de sob a túnica. – Mas o quê os cavalheiros querem saber, afinal?

Eles fizeram algumas perguntas de caráter genérico, tentando descobrir se um dos conscritos lirasianos vinha gastando muito mais dinheiro que o habitual. Tasis não pôde dar nenhuma informação conclusiva, e nem era isso que Hieron esperava; mas ela indicou outras fontes, e por cerca de uma hora e meia os dois agentes seguiram o rastro, a princípio, furtivo – mas, depois de algum tempo, cada vez mais nítido e claro – de um homem com muito mais ouro do que juízo.

No final, depois de meia dúzia de bares e um bordel bem inferior ao da bela Tasis, a busca os levou à estacada do cassino, onde os homens jogavam ossos, dados e cartas, e onde um grupo de mercadores tiblosianos – pois o povo do Oriente é mais dado ao comércio que à batalha, Maabal sendo uma notável exceção – registrava, em pequenas lajes de pedra macia, apostas sobre a duração da guerra, a longevidade de soldados e oficiais, sobre a resistência deste ou daquele guerreiro ao vinho, à erva, ao pó verde de Arilug e, claro, às mulheres.

Um desses mercadores, chamado Áscar, tinha presas de ouro no lugar dos dentes caninos. O boato que corria pela

Ressaca dava conta de que ele aceitara uma aposta vultuosa de um conscrito, sendo, depois, forçado pagar em dobro o já não pequeno capital empenhado.

– Ssse'u me lembro? Claro qu'sssim! Ele me arruinou! Miss'séria!

A voz do homem era sibilante, talvez devido a uma falha no encaixe das presas douradas. Elas eram grandes e brilhantes, e impediam que Áscar fechasse completamente os lábios, emoldurados por um bigode negro, longo e pontiagudo. Depois de fazer uma descrição detalhada do aspecto físico do soldado que o reduzira à assim dita "miss'séria", Áscar contou sua história:

– Ele apares'ceu de manhã, ao raiar do Sssol, bêbado, bêbado, dis'zendo que traria aqui o anel nas'sal de um sssas'dote. E apossstando alto! Cobri, claro... E, mal eu tinha posssto o dinheiro na mess'sa, o canalha tirou o anel do alforje... E me deixou limpo! Ele então dis'que tinha que levar o anel para outro lugar, e sssaiu daqui com todasss asss minhasss moedasss!

– E o senhor sabe para onde ele planejava ir? – perguntou Hieron.

– Não. E nem quero sssaber! – O banqueiro de apostas concluiu a frase com um encolher de ombros, dando a entender que a entrevista estava encerrada. Sua boca, entreaberta, parecia congelada em um esgar de puro desgosto. – Agora sssaiam, sssim?

Casualmente, Maabal passou um dedo pelo fio do Vampiro – sendo este o apelido carinhoso do machado de gume duplo que o guerreiro carregava junto ao quadril. A lâmina da arma, protegida por uma fina camada de óleo escuro, lembrava a figura de um enorme morcego, pairando, ameaçador, com as asas abertas.

Como se fosse um novo argumento a entrar no debate, uma gota de sangue se desprendeu de sob a unha do soldado e cruzou a lâmina na diagonal, deixando atrás de si um rastro escarlate.

– Masss eu juro que não sssei! – disse Áscar, sem tirar os olhos, arregalados, do dedo cortado que Maabal, agora, levava à boca. – Não sssei messsmo!

– Calma – pediu Hieron, sem se dirigir a qualquer um dos dois interlocutores em particular. Maabal sugou o sangue da ferida e estalou os lábios. O zenariano continuou: – Esse soldado, ó mercador... qual o nome dele?

– Imalosss – respondeu Áscar. – Esssteve aqui hoje pela manhã. Já lhesss dissse como ele é! Sssanto Hermal! Não deve ssser difíssss'cil encontrar o homem! Que maisss querem?

– Esse Imalos – disse o zenariano – queria alguma quantia em particular? Quanto ele ganhou do senhor?

– Ele queria sssaber como ganhar novess'centas e noventa e nove librasss lirass'sianas... Eu lhe dissse que nenhuma aposssta daria um valor tão esssdrúxulo... Então ele apossstou por mil e oitocentasss... E ganhou!

Hieron sorriu.

– Ele queria novecentas e noventa e nove? E estava bêbado? – O zenariano ria. – Esse Imalos ficou esperto de repente, ou o álcool lhe abriu os olhos. –Puxando Maabal pelo braço, Hieron disse: – Vamos, soldado! Vamos!

* * *

Enquanto faziam o caminho de volta ao acampamento das tropas, Hieron explicava suas deduções a Maabal:

– Novecentas e noventa e nove libras é o preço do batismo de Balaur – disse. – A forma mais rápida de se chegar ao clericato! Famílias pobres, como a do jovem Zeiros, têm que colocar o filho em um seminário, mas os ricos...

– Ele vai usar o dinheiro para se tornar um *sacerdote*? Punho de Hermal!

– E por que não? Afinal, os sacerdotes são a classe dominante por aqui. Com alguns subornos bem colocados, esse pilantra pode até conseguir uma diocese própria, com uma cidade inteira, mulheres e vinho, só para ele!

– E para onde estamos indo?

– Para a capela dos soldados. Se ele vai ser batizado, aquele é o lugar. A cerimônia normalmente acontece à meia-noite, depois de várias horas de purificação ritual; se Imalos só conseguiu o dinheiro hoje cedo, então ele deve estar lá.

Os dois não entraram na capela pela porta da frente, mas por uma passagem lateral. O guarda era um lirasiano nativo, e portanto não estava sujeito à autoridade de Maabal; mas os dois eram emissários do general Bacalos e, mesmo não tendo o sinete do grão-diácono para prová-lo, o fato é que contavam com a lista de todas as senhas e contrassenhas do acampamento. Hieron lia melhor, e por isso a relação havia ficado com ele.

O guarda deixou-os passar.

A capela era uma construção sólida de madeira, erguida com a mesma técnica utilizada para as torres de sítio; ao final do cerco ela seria queimada, como um tributo e agradecimento a Ashivaz. Por dentro, a terra havia sido escavada em uma série de círculos concêntricos, dando forma a uma espécie de anfiteatro. No centro havia uma jaula de aço. Dentro dela, um touro bufava, enfurecido.

Toda a cena era iluminada por tochas, quatro em cada nível do anfiteatro. A terra carmesim, a madeira avermelhada e o couro marrom do animal refletiam a luz das tochas em tons de sangue coagulado. Fumaça e penumbra pairavam, em novelos de treva, pelas curvas e degraus.

O touro parecia ter alguma dificuldade em manter o equilíbrio, e ao se aproximarem Maabal e Hieron viram o porquê: o piso da jaula era descontínuo, composto não por placas de metal, mas por uma grade fina – sendo um milagre que o animal ainda não tivesse prendido uma pata ou quebrado uma perna nos espaços entre as barras.

Esse gradil, além de servir de piso à jaula, ainda recobria um fosso com profundidade equivalente à altura de dois homens. Dentro do fosso e cheirando a estrume, havia uma pessoa que, apesar da pouca luz que penetrava na abertura – quase toda tomada pela sombra do touro – Hieron e Maabal logo reconheceram como o traidor Imalos.

Ele estava nu, exceto pelo estrume que lhe escorria pelos cabelos e ombros. Os olhos brilhavam.

– Ei! Quem são vocês? – perguntou o traidor.

– Sou Hieron, da engenharia, ó futuro ministro dos deuses – respondeu o zenariano, com uma reverência. – Estou verificando a construção. Os sacerdotes já vêm?

– Sim – respondeu Imalos, desconfiado. – A cerimônia já vai acontecer, não é? Fiquei a tarde inteira aqui, neste fosso de bosta, para "purificação"! – Arrematando a frase, Imalos baixou a cabeça e cuspiu com força.

– Claro – disse Hieron. – Vou falar com eles mais tarde. Boa noite! – Afastando-se do fosso, o zenariano sussurrou para Maabal: – Vamos. Vamos nos sentar.

O mercenário começou a protestar, mas com um gesto, Hieron fez com que o guerreiro se calasse.

– Ele não está indo para lugar algum, está? – disse, sussurrando. – Ao final da cerimônia, quando os sacerdotes o tirarem dali, nós o pegamos. Ou você, poderoso destruidor de exércitos, quer erguer a jaula, touro incluso, com as mãos nuas?

Maabal acenou com a cabeça, concordando. Os dois se afastaram até uma seção especialmente escura do anfiteatro, e aguardaram.

Talvez entediado pela espera, Hieron resolveu exibir sua erudição ao colega mercenário:

– É muito irônico estarmos aqui – disse o zenariano, cuidando de manter a voz baixa.

– Por quê? – perguntou Maabal, mordendo a isca.

– Porque a cerimônia que estamos para assistir é a raiz de toda esta guerra – respondeu Hieron. – A lenda lirasiana diz que, no início, o deus Ashivaz matou o Touro do Caos, Balaur, e a partir dos restos de Balaur criou Darach: com as lágrimas e o suor, fez os mares; com a carne, as terras, com os ossos, as rochas; dos testículos fez o céu, sendo as nuvens, jatos de esperma bovino. Dos olhos, extraiu o Sol e a Lua. E com o sangue, criou vida, as plantas e animais.

"Pois bem. Toda vez que um sacerdote lirasiano é batizado, reencena-se o mito: sacerdotes mais antigos matam um touro e o sangue da vítima – representando o sangue de Balaur – cai sobre o noviço, em um símbolo de 'vida nova'; daí o fosso e a jaula. Agora… o velho patriarca Ompalios e a ortodoxia da Igreja dizem que o sangue do touro durante o sacrifício *simboliza* o poder criador de Balaur; já o bispo Goralos diz que o sangue *transporta* esse poder. Portanto, há guerra. É uma questão teológica delicada e transcendental: quais as propriedades do sangue do sacrifício?"

– Eles estão brigando em torno da melhor forma de descrever algumas canecas de sangue de boi? É isso? Por que não dizem apenas "vermelho, salgado e viscoso"? – Maabal teve que se esforçar para conter um acesso de riso. Ele ficou vermelho, mas, no final, o que deveria ter sido uma explosão de gargalhadas acabou reduzido a um pigarro, ainda que especialmente alto. – É como se eu resolvesse estripar alguém por causa do tamanho dos testículos de Hermal, e não por algum motivo bom e saudável, como dados viciados ou uma taça de cerveja dimurana. Ah! Esta guerra não vale mais que o chumbo pintado que meus homens receberam...

– Não – disse Hieron. – Não pense assim. Mesmo que para estrangeiros como nós a questão do sangue pareça (oh, certo: *seja*) um tanto quanto ridícula, para os lirasianos ela é, como já disse, transcendental. Mas encare a situação de outra forma: de um lado há o velho patriarca Ompalios, que diz que as coisas são de determinada forma, e que é o monarca destas terras porque, normalmente, as pessoas levam a sério o que ele diz. Do outro, há esse camarada Goralos, dizendo que as coisas são de *outra* forma... Isto é, dando a entender que Ompalios não deve ser levado assim tão a sério. Que Ompalios pode estar *errado*.

"Mas Ompalios é o Mensageiro de Ashivaz, e seu poder deriva do fato de que todos pensam que ele fala diretamente com os deuses. Como ele poderia estar errado? A menos que não seja o mensageiro, ou que esteja ouvindo ao demônio e não ao Criador. Talvez *Goralos* seja o mensageiro de fato. Percebe?

"Em todas as nações, ó guerreiro, o poder reside nas armas. Mas em Lirasa, o poder das armas se propõe a sustentar a palavra divina. Se a divindade da palavra do Patriarca é contestada... e não importa se ele está falando sobre o Sangue Sagrado de Balaur ou sobre a melhor forma de se assar ovos, ou de comê-los... O poder da Igreja está ameaçado. Compreende?"

– Então, seja o sangue do pobre touro vermelho, salgado e viscoso, ou azul, doce e fluido, na verdade eles lutam pelo controle do país – Maabal murmurou, sua mente afiada de comandante militar analisando e digerindo as novas informações. – Pelos impostos, pela riqueza, pelos escravos. Pelos dados e pela cerveja. Santo Totamat! E meus homens morrem do mesmo jeito.

– Muito bem observado, amigo. Mas... Olhe! Lá vêm eles!

Quatro figuras encapuzadas – sacerdotes – tomaram seus lugares ao redor da jaula, vindas de algum ponto atrás do anfiteatro. Elas vestiam roupões de um tecido verde e brilhante, bordado, nas extremidades, com runas de prata. As mangas eram longas e largas, escondendo as mãos por completo. Esses sacerdotes caminhavam com a cabeça baixa, de forma que era impossível distinguir-lhes o rosto. Hieron estudou os detalhes dos trajes. Todos os quatro usavam cordões vermelhos na cintura, o que indicava um posto relativamente baixo na hierarquia da Igreja.

– Nenhum bispo presente – ele disse, sussurrando. – Parece que Imalos optou pelo método mais econômico.

Maabal aquiesceu com a cabeça.

Os quatro sacerdotes deram algumas voltas ao redor da jaula, todos caminhando em um determinado sentido e, depois, andando de costas, inverteram a marcha, mas sempre pisando sobre as próprias pegadas, sempre com um passo pesado e solene. Essa mistura de dança e caminhada logo assumiu formas mais complexas, com os sacerdotes se afastando ou se aproximando da jaula, ora todos juntos, ora de forma alternada. Qualquer que fosse o novo movimento acrescentado à coreografia, no entanto, nenhum deles jamais interrompia a rotação básica, alguns passos de frente, algumas voltas de costas, em ritmo quase hipnótico.

O rito lembrava uma dança a que Maabal assistira certa vez, durante um leilão de escravos no porto de Lorom, perto de sua terra natal; mas as escravas de Lorom não vestiam roupões verdes (na verdade, vestiam apenas sandálias), e seu caminhar era leve e alegre. Além do mais, em Lorom havia música e luz do Sol, não tochas rubras e o silêncio quase absoluto, quebrado apenas pelo resfolegar do pobre touro.

Sem qualquer aviso, os sacerdotes pararam, jogando os

braços para o alto. Oito adagas brilharam sob a luz das tochas; o touro soltou um mugido que começou como um desafio, mas terminou em uma nota de desalento. Um som, como o de um graveto seco se partindo, encheu o anfiteatro, seguido por um novo mugido, agora de dor. Depois de passar quase todo o dia na jaula, escapando, por milagre, de se ferir nas grades do piso, o animal finalmente havia escorregado, quebrando uma perna.

Os quatro sacerdotes se voltaram, todos ao mesmo tempo, e golpearam o touro, primeiro todos usando a adaga da mão esquerda, depois, a da direita, depois alternando os golpes de acordo com algum ritual esotérico. Mesmo enojado pela carnificina, Hieron não pôde deixar de admirar a beleza da dança das lâminas, cada uma refletindo a luz das tochas por um pequeno instante, depois caindo como um cometa sobre a carcaça da vítima.

Passaram-se alguns momentos, e o som dos golpes foi completamente abafado pelo gorgolejar do sangue, que escorria através das grades e caía no fosso de Imalos. Para Maabal, era como ouvir a música de uma nascente nas montanhas.

Por fim, os quatro se ajoelharam diante da jaula e de sua vítima dilacerada. Nesse momento entoaram um cântico – uma melodia sinistra, que exigia vozes graves e guturais – em um idioma que Hieron sentiu como se reconhecesse, mas que, de alguma forma, era incapaz de nomear ou compreender. Terminado o cântico, um gancho foi baixado do alto da torre de madeira. Esse gancho se prendeu ao teto da jaula, erguendo-a juntamente com seu conteúdo, e o fosso foi descoberto.

– Imalos, filho de Satrampa – entoou um dos sacerdotes –, renascido no sangue de Balaur, recriado pela lâmina de Ashivaz, neste momento...

– Espere, ó grande sacerdote! – gritou Hieron, saltando os degraus do anfiteatro em direção ao centro. Maabal o seguiu. – Espere! Vossa Reverendíssima não pode completar a ordenação!

– Quem diz isso? – perguntou um segundo sacerdote. – Qual a lei que invoca?

– A da Espada do Patriarca, ó magnífico – Hieron tivera tempo de estudar melhor a lista de senhas que o general lhe entregara. "Espada do Patriarca" significava "lei marcial", razão mais do que suficiente para interromper um ofício religioso (a menos que um bispo estivesse presente, o que, por sorte, não era o caso).

O primeiro sacerdote ainda testou a autoridade do zenariano, usando algumas outras senhas especiais, mas para todas Hieron tinha a contrassenha. A lista de Bacalos havia sido bem completa. Finalmente, ele deu de ombros.

– Este homem é seu – disse o segundo sacerdote. – Faça o que bem entender.

– Ei! – o grito veio de dentro do fosso. – Tirem-me daqui! E meu dinheiro?

– O dinheiro ficará com a Igreja, como indenização por termos desperdiçado os ritos sagrados sobre uma cabeça indigna – disse o primeiro sacerdote, já caminhando em direção à saída. – Quanto a tirá-lo daí... Creio que os dois cavalheiros poderão cuidar disso.

– Dois cavalheiros? Que dois...

Hieron e Maabal olharam para dentro do fosso. Desta vez, sem a grade e a sombra do touro para atrapalhar, eles puderam ter uma boa visão de Imalos, o corpo nu coberto por uma crosta de estrume seco e sangue. Algo que lembrava uma serpente morta, marrom e azulada, (talvez os intestinos do animal) lhe caía ao redor dos ombros e dava voltas em sua cintura.

O cheiro era horrível.

– Foram vocês que falaram comigo antes da cerimônia? – perguntou Imalos.

– Exatamente – respondeu Hieron.

– O que vocês querem?

– Executá-lo por traição, que mais? – respondeu Maabal, acenando com o machado Vampiro.

– Traição? Que traição? Senhores...

– Não é engraçado? – disse Maabal, dirigindo-se a Hieron. – Até instantes atrás éramos "vocês". Agora somos "senhores". Acho que "executá-lo" é a palavra mágica! Vamos tirar esse sujeito dali?

– Acho que poderíamos mantê-lo lá embaixo, senhor capitão – sugeriu o zenariano. – E quando ele estiver morrendo de fome, digo, morrendo *mesmo*, a ponto de começar a lamber as...

– *Que traição?* – a voz ecoava pelo fosso.

– A traição que lhe deu dinheiro suficiente para quase ser ordenado, ó chacal! – respondeu Hieron, sem qualquer indício de piedade na voz.

– Eu... ganhei no jogo...

– E como você conseguiu as moedas para apostar, cão? – perguntou Maabal.

– Eu... eu...

– Você foi pago por agentes cadirianos para colocar um certo objeto sobre a mesa do Tabernáculo... não minta! Se você nos disser como encontrar esses agentes, nós podemos pensar em demonstrar alguma piedade, animal.

– O... o anel? Foi isso? O... anel? Mas me disseram que não haveria mal algum... Que... acabaria com a guerra... menos mortes... Mal... algum...

– Que tal, Hieron? – gritou Maabal, a voz cheia de

escárnio. – O rato ambicioso virou um rato pacifista! "Mal algum"... Ah! Vamos esfolar esse cretino, sim? Arrancar toda a pele jogá-lo, em carne viva, de volta no fosso. Vamos ver como o sangue quente e o nervo nu reagem ao estrume e...

– Não! Eu falo!

– Então fale, senhor – disse Hieron, oferecendo o mais doce dos sorrisos.

* * *

Depois de retirar Imalos do fosso e entregá-lo a um dos guardas da capela, com ordens de jogá-lo entre os escravos da engenharia (isto é, após um bom banho), os dois agentes se dirigiram a um determinado ponto junto ao rio Melanos, que margeava a muralha noroeste de Cadira. Aquela era a parte da muralha menos vigiada pelas tropas de sítio, uma vez que a correnteza violenta do Melanos parecia impedir qualquer tipo de aproximação de tropas – ou fuga de cidadãos.

Faltavam três horas para o amanhecer. Imalos havia dito que seu contato dentro da cidade iria esperá-lo naquele local e horário, a fim de receber notícias sobre o sucesso do estratagema. Hieron aguardava pelo contato em meio à penumbra, a copa de uma árvore a protegê-lo da incidência direta dos raios da Lua, que já ia baixa. Maabal estava escondido em um arbusto próximo.

De repente uma figura alta, coberta por um manto escuro,

escalou o pequeno barranco que era a margem imediata do Melanos, vindo como que diretamente de dentro do rio. Não havia qualquer sinal de que o manto estivesse molhado, porém; suas dobras ondulavam com leveza, sempre que tocadas pela brisa da madrugada.

Maabal murmurou uma prece a Hermal e, como reforço, ao grande Totamat das Quatro Cabeças. Sendo um povo marítimo, os tiblosianos têm muitas superstições sobre gnomos, demônios e elfos dos oceanos. Aquela aparição, ele raciocinou, poderia muito bem ser a contraparte fluvial de qualquer um desses seres.

A forma encapuzada olhou à direita e à esquerda, e então se pôs a caminhar, com passo firme, mas silencioso, na direção da árvore onde Hieron aguardava. Antes que o estranho percebesse que aquele não era Imalos, Maabal saltou às suas costas e lhe encostou uma adaga no pescoço.

Hieron caminhou calmamente para fora de seu abrigo e, com um gesto educado, retirou o capuz que cobria a cabeça do prisioneiro de Maabal. O que viu o surpreendeu: aquele homem trazia, no nariz, um anel de inquisidor, idêntico ao deixado sobre a mesa do Tabernáculo.

Não podia haver engano: o ouro batido brilhava com a luz das estrelas.

– Quem é você? – perguntou o zenariano.

– Monsenhor Gadrenos – ele respondeu.

– Você é um dos inquisidores enviados pelo patriarca para punir a cidade, ó monsenhor? Um dos que foram dados como mortos? Responda!

Maabal apertou a Adaga contra o pomo de adão do prisioneiro.

– Sugiro que responda. – Sussurrou o mercenário.

– Sou. – Disse Gadrenos.

– E o que você faz, ainda vivo? E trabalhando como agente de Cadira?

Em vez de responder, Gadrenos emitiu um assovio alto e agudo; sentindo o pescoço do prisioneiro vibrar de encontro à lâmina, Maabal teve que se conter para não mergulhar a adaga na garganta do sacerdote. Apenas o olhar de Hieron, pedindo paciência ao guerreiro, salvou a vida do monsenhor.

Três homens armados com espadas surgiram, correndo, a partir da margem do rio.

– Fique com ele! – Hieron gritou para Maabal. – Segure-o, mas tente mantê-lo vivo! Eu cuido disto.

O olhar de incredulidade do tiblosiano se perdeu na penumbra. Passada a surpresa, Maabal sussurrou no ouvido do monsenhor:

– Se eu vir meu amigo em dificuldades, corto sua garganta antes de partir para ajudá-lo. Compreende? E se você fizer mais algum ruído, invocando homem, fera ou demônio, eu *também* corto sua garganta. Está claro?

– Sim. Está. – Ele respondeu, engolindo em seco.

Os três guerreiros que vinham em socorro do monsenhor eram pelo menos duas cabeças mais altos que Hieron, e portavam grandes espadas de gume duplo, pesadas demais para serem brandidas com um só braço – ainda que musculoso. A arma do zenariano, pouco mais espessa que um florete de treino, parecia uma agulha em comparação.

Percebendo isso, Maabal mordeu a língua, apreensivo.

O primeiro guerreiro, um gigante loiro em armadura de escamas e elmo coroado com a crina esverdeada e o chifre azul de um unicórnio marinho – provavelmente um mercenário das Ilhas Cardarianas – correu na direção do zenariano em plena carga, a boca aberta em um sorriso sanguinário de triunfo, a espada erguida bem acima da cabeça, pronta para rachar Hieron como o machado de um lenhador racharia a madeira.

O cardariano não teve tempo de desferir seu golpe, no entanto. Antes mesmo que a grande espada iniciasse seu arco descendente, a lâmina delgada de Hieron já havia penetrado a armadura por um pequeno vão entre as escamas de bronze, e transfixado o coração do guerreiro.

Antes que o cardariano caísse, Hieron já havia retirado a espada do peito da vítima e usado a guarda em forma de cruz para aparar um golpe do segundo atacante. O impacto arrojou o filósofo ao chão. O segundo guerreiro, pela aparência outro cardariano (no elmo, *dois* chifres de unicórnio), não ergueu sua lâmina acima da cabeça para o golpe de misericórdia – esse tanto ele havia aprendido com o triste destino de seu compatriota – mas apenas girou o corpo de lado, a fim de tomar impulso.

Rápida como o bote de uma cascavel, a ponta da espada de Hieron penetrou sob a área desprotegida na axila esquerda desse guerreiro, atravessando, num mesmo instante, pele, músculo, pulmão e coração. O zenariano puxou a arma para fora da ferida e rolou com rapidez pelo chão, evitando assim ser atingido pelo cadáver que caía.

O terceiro atacante, provavelmente vindo de uma das cidades-estado livres que delineavam a fronteira entre Lirasa e o reino florestal de Bomuro, envergava uma armadura de aço, sem escamas ou anéis. Esse guerreiro parecia muito pouco disposto a abrir a guarda; ele sabia como Hieron era rápido, e não queria correr riscos desnecessários. Durante um intervalo de dez batimentos cardíacos, os dois apenas se estudaram.

O zenariano decidiu, então, provocar seu agressor. Apontando uma rápida sucessão de botes na direção do rosto e dos olhos daquele homem da fronteira, Hieron viu cada um de seus ataques ser desviado pela lâmina maior e mais forte – na verdade, em uma dessas fintas o zenariano quase perdeu a arma, expondo-se a um feroz contra-ataque. Mas, a cada defesa, o adversário, inconscientemente, trazia a ponta de sua espada um pouco mais para o alto; proteger os olhos é um instinto forte demais.

Notando que a guarda do adversário já estava excessivamente alta, e vendo que a placa abdominal da armadura parecia impenetrável, o zenariano mirou um golpe certeiro no joelho direito do homem da fronteira. Em menos que uma respiração, a lâmina fina já havia atravessado a junta, sua ponta emergindo, vermelha de sangue, através da panturrilha do adversário. Hieron retirou a arma do ferimento com a mesma presteza de duas vezes antes, e o homem vestido de aço caiu ao chão, com um grito de dor.

– O senhor lutou bem, ó mercenário – disse Hieron para o guerreiro que se retorcia à margem do rio. – Mas, assim como seus amigos, o senhor insistiu em tratar a espada como se ela fosse apenas um machado comprido. Aprenda o que ensinam os mestres da Guerra em Zenária: a verdadeira virtude da espada está na ponta; nunca no gume.

E assim dizendo, o filósofo retirou um lenço de seu grande cinto de couro e o usou para limpar o sangue da arma, antes de embainhá-la.

– Belo exercício – disse Maabal. – E bem limpo e rápido, também. Três ferimentos, três vitórias.

– Bárbaros do norte – respondeu o zenariano, com um dar de ombros. – Pensam que espadas não passam de machados… Sem ofensa. Ignorantes! Agora… onde estávamos, ó monsenhor?

– O que vocês querem? – ele perguntou, num sussurro. A luta de Hieron contra seus três guarda-costas aparentemente havia minado todo o espírito de resistência do inquisidor. Sentindo isso, Maabal soltou-lhe o pescoço, deixando-o livre… exceto pela adaga encostada na base da coluna.

– Queremos saber como entrar na cidade – respondeu o zenariano. – Mais do que isso: queremos que você nos leve até lá.

– Só os dois?

– Só. – Respondeu Maabal.

Teria sido mera impressão, ou um brilho de alívio passara pelos olhos do sacerdote? Impossível dizer.

– É fácil – respondeu o monsenhor. – Há uma porta camuflada em meio ao matagal na encosta do barranco, que conduz a um túnel por sob o rio e a muralha. Posso levá-los…

– Faça isso.

– Vocês vão me deixar viver?

– Enquanto nós estivermos vivos, você também estará. Assim que um de nós morrer, o outro cuidará para que você o acompanhe. Que tal lhe parece?

– Justo.

* * *

Antes de partir, os dois agentes perguntaram ao homem caído como gostaria de ser executado – se preferiria ser deixado à mercê dos elementos, se com algumas das ervas e venenos que Hieron trazia na sacola junto à bainha da espada, ou se decapitado. O soldado escolheu o caminho que lhe pareceu menos doloroso, e pela primeira vez na noite o Vampiro bebeu sangue inimigo.

A camuflagem sobre a entrada do túnel era realmente excepcional. Ao abrir a passagem, Gadrenos parecia realmente estar deslocando uma porção maciça de terreno, com rocha, terra, capim alto e alguns arbustos.

O monsenhor explicou que, originalmente, antes que toda a cidade de Cadira fosse convertida à Verdadeira Crença, o túnel era usado por certos Mestres Secretos que visitavam o bispo Goralos de tempos em tempos, instruindo-o nos caminhos da Nova Fé. Os próprios Mestres tinham escavado a passagem, usando certas artes aprendidas em terras setentrionais. (Ao ouvir essas palavras, Hieron teve um calafrio: ao norte de Lirasa, para além das montanhas denarianas, ficava o reino de Tecaa, conhecido nas lendas como uma terra de desolação e morte).

Gadrenos falava dessa Verdadeira Crença – ou Nova Fé, já que os dois termos pareciam intercambiáveis – com uma paixão indisfarçável. Pelo que o zenariano conseguia depreender do discurso de seu prisioneiro, todos os inquisidores enviados pelo patriarca tinham se convertido depois de ouvir a pregação de Goralos e de assistir a certos prodígios nos jardins do palácio. O comunicado de que haviam sido executados não passara de uma espécie de mal-entendido, ou talvez uma distorção proposital, visando a certos fins políticos.

Hieron, Maabal e o prisioneiro já haviam caminhado pelo menos dois terços do comprimento do túnel. A passagem era, em largura e altura, da forma de um quadrado perfeito, mas não havia qualquer sinal de escoras ou revestimento. No entanto, pedras, raízes, fungos e mesmo pequenos animais encontravam-se prensados, *esmagados* contra as paredes, piso e teto, de forma que cada uma dessas superfícies era lisa e polida como vidro. Hieron e Maabal tinham que caminhar com cuidado, para não escorregar. A própria água, infiltrando-se em certos lugares, era forçada a escorrer, sem qualquer espessura, rente ao teto, curvando-se em ângulos retos e junto às paredes, existindo apenas como uma fita prateada de duas dimensões.

Havia luz naquele lugar, mas era impossível dizer de onde vinha.

Foi depois de Hieron se deter por algum tempo observando uma dessas bizarras infiltrações angulares que Gadrenos soltou a primeira pista concreta sobre a verdadeira natureza da heresia de Goralos.

– É verdade que vocês lirasianos estão se matando por causa de uma disputa sobre a cor e o sabor do sangue bovino? – perguntou Maabal.

– Cadira não começou a guerra – respondeu Gadrenos.

– Mas a briga é por causa do gosto que o sangue do boi tem, não é? Vocês são mesmo burros a esse ponto, não são?

– Não é gosto, pagão. É o *significado*. E suas implicações.

– Que implicações? – perguntou Hieron, seu interesse de erudito despertado pelo último comentário do monsenhor.

– Se o poder para criar vida está embutido no sangue de um animal, se a chave da criação do universo encontra-se na carcaça de um *touro*… – o monsenhor enfatizou bem a última palavra, talvez para marcar a diferença em relação ao termo que Maabal vinha usando, *boi* – O que não poderia ser feito com uma carcaça *humana*?

– Muito menos, é óbvio – respondeu Maabal, exasperado. – A carcaça humana é muito *menor*.

* * *

O céu da madrugada, pouco mais de duas horas antes do amanhecer, era menos iluminado que o interior do túnel. A Lua já desaparecia por trás de alguns morros distantes, que delimitavam a linha do horizonte. A súbita escuridão fez com que Hieron e Maabal tivessem alguma dificuldade para se orientar assim que deixaram a passagem subterrânea, que terminava em uma espécie de gruta ao nível do solo.

– O que é isso, Gadrenos? – perguntou uma voz que denotava tanto autoridade quanto enfado. – Você me promete uma única vítima, desarmada, e me traz dois homens com lâminas nuas?

– Perdão, Mestre! Eles...

As últimas palavras do monsenhor Gadrenos perderamse para sempre. No mesmo momento em que Maabal se preparava para pressionar – com maior ênfase – a lâmina de sua adaga contra as costas do sacerdote, relembrando-o de sua condição de refém, Gadrenos, de forma rápida e totalmente inesperada, prostrava-se de joelhos e erguia a cabeça, como quem olha para os céus implorando piedade; e nesse movimento infeliz o sacerdote, inadvertidamente, deu a nuca como bainha para a adaga do mercenário. A lâmina cortou entre as vértebras e a cartilagem, e em menos de um instante a ponta prateada estava a projetar-se pela boca escancarada do cadáver, como uma segunda língua tinta de sangue.

– Maldito! – gritou Maabal, enquanto soltava a adaga, entalada no corpo de sua vítima involuntária, e sacava do machado. Sem a mão do guerreiro no cabo da faca, Gadrenos caiu, amontoando-se na grama. – Maldito seja!

Hieron e Maabal estavam se acostumando à escuridão, e seus outros sentidos já haviam fornecido informações valiosas. Havia umidade no ar, e o cheiro doce de flores, enjoativo quando vindo do néctar, irritante quando do pólen. A isso misturava-se o odor pungente de capim esmagado, madeira e orvalho, e o zumbido de insetos noturnos, pontilhado pelo brilho intermitente, azul e verde, dos zangões-operários. Havia ainda folhagens, e grandes vultos que pareciam irradiar garras, veias e artérias, das quais pendiam cálices e esferas – árvores frutíferas, com certeza.

Um jardim.

Olhando para cima e ao redor, nos intervalos entre as árvores e por sobre as copas, os dois aventureiros viram, indistintamente, uma construção circular de dois andares, com sombras que talvez fossem grandes arcos, no nível térreo, e um balcão de colunas torneadas no segundo. Sobre o corrimão desse andar superior reclinavam-se dois vultos – um deles vestia uma toga longa, o outro poderia muito bem ser uma mulher.

O círculo de mármore abraçava o jardim por completo. A própria gruta por onde eles haviam entrado engastava-se nele. E foi ao olhar para trás, em busca da gruta e de uma possível rota de fuga, que Hieron mais uma vez pensou nos sábios de Tecaa, e não pôde evitar um calafrio.

O tronco de uma árvore obstruía o caminho de volta.

Era estranho; o zenariano não se lembrava de ter desviado de uma árvore ao emergir da abertura. Ele tinha certeza de haver caminhado seus poucos passos em linha reta, sem encontrar qualquer obstáculo.

E no entanto…

Hieron olhou para trás de novo. Agora (e isso não o deixou surpreso; a menos que uma sensação de câibra na boca do estômago possa ser considerada uma forma de surpresa) havia *dois* vultos no caminho. A entrada da gruta tinha sido totalmente obstruída.

– Hieron... veja.

Maabal acenou com o machado à frente, à direita e à esquerda. Novas sombras assomavam em todas as direções, raízes e caules inchados movendo-se como aranhas grotescas, tecendo uma teia de folhas, ramos e gavinhas.

Diante do olhar incrédulo do filósofo, galhos espessos esticaram-se, cresceram e irradiaram gravetos; gravetos produziram brotos verdes, que desabrocharam em uma infinidade de casulos semelhantes aos do bicho-da-seda. Os casulos se partiram, dando origem folhas, flores, frutos e gavinhas. E as copas entrelaçaram-se.

Em menos de dez respirações, Hieron viu um dossel negro, exalando um cheiro doce de primavera, fechar-se sobre sua cabeça, como a cúpula de um mausoléu.

– O que é isto? – perguntou o tiblosiano, mudando o machado de uma mão para a outra e de volta. Era uma noite fresca, mas ele suava. – Que bruxaria é esta?

– Não sei.

– Vocês zenarianos não deveriam saber *tudo*?

– *Quase* tudo, ó guerreiro. Quase.

Um baque surdo, meio abafado pelo capim espesso, desviou

a atenção dos dois para alguma coisa que havia caído junto ao pé esquerdo do zenariano. Hieron testou o objeto com uma série de chutes curtos.

– Esférico – disse, por fim. – Bem sólido e pesado. Tem espinhos, também.

– Uma fruta?

– Mais parece uma maça.

O manto de galhos e folhas que escondia o céu noturno ondulou como a vela de uma nau em meio à tempestade. O movimento produziu um som grave, como o rugido de um leão à distância, e uma violenta chuva de frutas-maças, todas idênticas à primeira, se abateu sobre os dois companheiros. Quando acertavam em cheio, aqueles frutos machucavam como o golpe de uma manopla de aço; quando passavam de raspão, seus espinhos rasgavam roupas e carne.

Hieron conseguiu trespassar uma das esferas, em plena queda, com a ponta de sua espada. Mas isso só fez o fruto explodir com grande estrondo e fedor, espalhando um pó amarelado que aderia às feridas abertas, colando-se ao sangue semicoagulado e causando irritações na pele e dores como as de uma queimadura com água fervente.

Meio enlouquecidos de dor e frustração, e já abalados pelos sucessivos golpes na cabeça, ombros e braços, os companheiros decidiram investir contra as duas árvores que bloqueavam o acesso à gruta e à retirada. Maabal quase chegou a derrubar uma delas, dando a Vampiro uma inesperada ração de seiva e madeira, mas Hieron não obteve progresso algum.

– Fale mal dos machados agora! – bradou Maabal, cuspindo sangue e pó amarelo. – Hermal e Totamat! – E o mercenário gargalhou, pois o riso era seu grito de guerra.

– Não me culpe se árvores não têm órgãos para perfurar! – respondeu Hieron, trabalhando com o fio de sua espada contra o tronco sólido. A lâmina vibrava como um diapasão a cada golpe. – E não ligo para suas blasfê...

Então as flores, em forma de cálice, começaram a cair. Elas não se moviam ao sabor do vento, mas pareciam se deslocar pelo espaço seguindo algum desígnio próprio. Todas buscavam por cortes abertos no corpo dos guerreiros, como se atraídas pelo sangue, ou pelo pó amarelo. A primeira aderiu ao lábio partido de Maabal, e no mesmo instante toda a cor deixou a face do tiblosiano. O rosto sob a barba tornou-se branco como a Lua, e os pelos enraizados ao redor da boca pareceram envelhecer décadas em poucos segundos. As pálpebras assumiram um matiz cinzento como a morte, e o mercenário ergueu o machado à altura da própria garganta, talvez pensando em expurgar a dor através do suicídio. Antes que o gesto se completasse, no entanto, o tiblosiano caiu sem sentidos, o fio do machado apenas resvalando contra o crânio e abrindo um talho na testa. O capim bebeu o sangue da ferida avidamente.

As flores, então, concentraram-se em Hieron. A primeira a atingi-lo grudou em seu braço direito, causando um espasmo tão forte que o fez largar a espada. Outra aderiu ao pescoço, e a dor paralisou totalmente a garganta, impedindo-o até mesmo de respirar.

Ele caiu.

* * *

Ainda confuso, Hieron de Zenária a princípio imaginou-se de volta ao Tabernáculo do acampamento, pois o salão onde se encontrava era idêntico ao interior da grande tenda, com o piso e as paredes cobertos por espessa tapeçaria, oferecendo inúmeros nichos para assassinos, espiões e portas secretas. No centro da área, havia ainda uma grande mesa de mármore negro.

Duas coisas eram diferentes, porém. Uma delas – a mais óbvia – era que Hieron estava de joelhos, seu corpo forçado a manter a posição servil por um sistema de correntes que tolhia pescoço, pulsos e tornozelos.

A outra era que, sentado à cabeceira da mesa, não estava nenhum dos bispos que faziam parte do cerco à cidade – nem mesmo o velho general. Ali havia um homem que Hieron jamais vira. À sua direita sentava-se uma mulher com o nariz coberto por certas folhas e unguentos, como se tivesse sofrido uma cirurgia recente – talvez, Hieron imaginou, a retirada de um anel de ouro há muito cicatrizado no lugar. Se fosse de fato a papisa Caratis…

Na noite do dia anterior, ainda no Tabernáculo do acampamento, Hieron havia imaginado uma forma de permitir a continuidade do cerco sem que fosse preciso assassinar a inquisidora. Se ela viesse a morrer em decorrência da queda da cidade, isso seria outro assunto; o zenariano apenas não gostava de cometer assassinatos a sangue-frio pessoalmente.

E de resto, bem, aquela mulher não era especialmente bela, de forma alguma, mas nem de longe se assemelhava à megera que Maabal sugerira…

Maabal! Onde estaria ele?

Esticando ao máximo a corrente que se prendia a seu pescoço, Hieron olhou para um lado, e depois para o outro. O tiblosiano estava à sua esquerda, e já começava a recuperar os sentidos.

– Vocês não são filhos de Lirasa – disse o homem à cabeceira da mesa. Era a mesma voz que havia falado a Gadrenos, no jardim. – O que fazem em minha cidade?

Maabal rilhou os dentes, travando a mandíbula. Ele não daria informações ao inimigo.

Já Hieron preferia outras técnicas:

– Meu nome é Hieron, ó magnífico – disse. – Venho como emissário da Academia de Satena. Este homem é meu guarda-costas, um renegado tiblosiano.

– Ah, sim? – os olhos do bispo brilhavam. – E o que os eruditos de Zenária querem comigo?

– Aprender a seus pés – respondeu Hieron, sem hesitação. – Chegou-nos palavra, ó santidade, de que Mestres Secretos lhe haviam comunicado uma arte perdida; a Academia busca conhecê-la.

Os lábios do bispo se retorceram em uma paródia de sorriso. Hieron esperava que suas credenciais acadêmicas tocassem a vaidade de Goralos; dificilmente haveria um sacerdote em todo o continente de Darach que não estivesse disposto a dar um braço para ter seu credo sancionado pelos agnósticos e ateus da Academia.

– Bem, erudito – disse Goralos –, vou lhe explicar algo do que os Mestres Secretos me ensinaram. Você por certo está familiarizado com a natureza de minha, assim chamada, "heresia"?

– Sua Santidade afirma que o sangue do touro sacrificado não apenas simboliza, mas também transporta o princípio da Criação – respondeu Hieron, usando um tom obsequioso. – Estou correto?

– Sim – disse o bispo. – Mas este é apenas o ponto de partida. Um ponto bom, pois foi ele que fez com que os Mestres deixassem seu mosteiro do norte e me procurassem, para afiar ainda mais minhas intuições.

"O que aprendi, zenariano, é que todo ser vivo carrega em si – e não apenas no sangue, mas na carne e na pele – algo que os Mestres chamam de Espirais da Vida. Saiba, então, que essas Espirais é que fazem de nós o que somos; que fazem da pedra a pedra, do cão um cão e do homem, um homem... A manipulação das Espirais da Vida permite invadir e transmutar todas as criaturas; permite criar vida do nada. O jardim onde você e seu guarda-costas foram derrotados, estudioso, foi plantado com Espirais de minha própria criação.

"Foi ao reconhecer o poder das Espirais que os inquisidores do patriarca decidiram abraçar minha Nova Fé... Não é, Caratis?"

– Sim. Isso, e um grande amor – respondeu a papisa, sorrindo.

– E foi com medo de que a nova doutrina se espalhe que o velho rabugento de Mercara decidiu decretar o cerco – continuou Goralos. – Ele sabe que o poder das Espirais é mais real que as pirotecnias do templo, que os truques baratos que acontecem nos Tabernáculos, graças a portas ocultas e alçapões secretos; existe magia baseada em Balaur e Ashivaz, sim, mas ela é fraca e pueril... Como as marcas no mármore consagrado – nesse ponto, Goralos lançou um olhar cheio de cumplicidade na direção de Caratis. – Eu poderia criar um exército de homens-monstros para defender minha cidade, ou mesmo para conquistar todo o continente! Mas o tempo é curto... e não ouso lançar mão de meu próprio rebanho para manipular as Espirais humanas. Esse é um estudo muito doloroso, e quase sempre fatal, para o *objeto*.

"Por isso, eu esperava negociar uma trégua, enquanto

realizava alguma pesquisa no corpo de um certo traidor que o pobre Gadrenos deveria ter atraído até o jardim... Mas em vez do traidor, Gadrenos me trouxe um erudito e seu guardião".

– Sinto muito pela desdita – disse Hieron, contrito.

– Não sinta – respondeu o bispo. – Você deve ter percebido que minhas explicações foram um tanto quanto superficiais. Graças à boa fortuna, no entanto, logo você... e seu empregado, por falar nisso... conhecerão todos os detalhes técnicos... na própria pele, por assim dizer.

Nesse instante, Maabal – que a tudo ouvira e assistira em silêncio, tentando compreender qual o jogo de Hieron – explodiu em sua gargalhada sanguinária e saltou como um leopardo na direção da mesa de mármore. Mas as correntes que o mantinham ajoelhado impediram-no de ganhar impulso e de se equilibrar corretamente, e ele caiu sobre o próprio queixo a menos de dois passos do ponto de partida. A queda foi amortecida pelos tapetes, mas, não obstante, as feridas no lábio e na testa voltaram a se abrir.

– Detenham-no! – gritou Caratis, assustada. – Não deixem...

Goralos apenas riu, baixinho.

Hieron se viu diante de duas opções bem pouco agradáveis – forçar uma execução sumária (e possivelmente indolor) para si mesmo e seu amigo ou suportar as dores da vivisseção nas mãos de Goralos e de seus Mestres de Tecaa.

Ele então decidiu tentar uma última cartada, usando o truque que havia imaginado para permitir a retomada do cerco a Cadira.

– Você pode nos matar – gritou, forçando ao máximo os músculos do pescoço, numa tentativa de tornar o rosto vermelho… e aparentar um ódio mortal. – Mas os deuses enviarão outros! Está ouvindo? Outros e *mais outros!*

– Hmmmm… A verdade parece vir à tona… O que foi, zenariano, que faz a ira superar a curiosidade que, sempre ouvi dizer, é o maior atributo de sua raça? – perguntou Goralos, em tom zombeteiro. – O que o incomoda? Que deuses são esses?

– Mate-me! – Hieron continuou a gritar. – Mate Maabal! Extraia nossas Espirais da Vida, se é que tais fantasias existem! Crie suas árvores e monstros! Mas nada irá deter a mão dos deuses, de Ashivaz a Hermal e Balaur, passando pelo Tempo e pelos deuses-feras de Bomuro e pelo próprio Dragão de Aço Totamat, até que você seja punido, porco imundo, por sua blasfêmia! Eu e meu servo fomos apenas os *primeiros enviados*… Outros virão!

– E que blasfêmia teria sido essa, a ponto de perturbar todos os panteões de Darach, incomodando até o próprio Tempo, que é um deus de ateus, Totamat e as feras selvagens da floresta? – perguntou o bispo, o tom divertido de sua voz ocultando uma certa preocupação. Havia inúmeras superstições a respeito dos deuses-feras, e mais ainda envolvendo Totamat, o grande colosso sobre o mar.

Maldições envolvendo qualquer uma dessas criaturas sempre causavam algum desconforto... que dizer de uma praga a citá-las todas?

– Você, ó setenta e sete vezes setenta e sete vezes maldito, possuiu uma virgem consagrada, privando-a até mesmo da aliança que a unia a seu noivo espiritual! – Com grande esforço, Hieron apontou um dedo acusador para o curativo sobre o nariz de Caratis. – Em todas as partes, onde quer que os deuses abençoem os conventos e as virgens, os espíritos agora clamam por vingança! Maabal e eu fomos convocados... Outros serão! *Cuidado com as sombras...*

O silêncio tomou posse do Tabernáculo. Durante muito tempo, Goralos acreditara que seu novo poder, o Poder das Espirais da Vida, poderia protegê-lo de tudo – mas o discurso daquele prisioneiro havia despertado temores antigos, desconfianças antigas. Afinal, por que os monges do norte haviam decidido partilhar da sabedoria com ele? Será que os Mestres Secretos não o estariam usando como uma espécie de chamariz, atraindo sobre Cadira a fúria divina que, de outra forma, atingiria outras terras?

Tais questões haviam perturbado o bispo no início, muitos meses atrás, antes que os resultados magníficos obtidos na manipulação do jardim tivessem feito submergir toda a dúvida. Mas agora o medo retornava, incomodando-o como um espinho que, esquecido sob a unha, de repente começasse a arder e inflamar.

Mas foi Caratis quem reagiu primeiro à ameaça:

– Se é assim, se é essa a lâmina que paira sobre nós, ouçam todos os espíritos, saibam todos os deuses e potestades que eu, Caratis de Samara, abandono agora e para sempre o manto de Noiva de Ashivaz, e imploro pelo perdão dos Planos Superiores. Indigna que sou, respeitosamente rejeito o posto de papisa, e imploro pelo justo repúdio e desprezo de Meu Antigo Senhor.

Hieron baixou a cabeça, disfarçando um sorriso.

– Bem, isso parece resolvido – disse Goralos, com um suspiro. – Guardas – continuou o bispo, a voz agora seca e inexpressiva. – Para a masmorra com esses dois.

* * *

Hieron e Maabal passaram o restante do dia em uma cela no subterrâneo do palácio, já desacorrentados. O zenariano aproveitou o tempo para explicar seu estratagema ao companheiro:

– ... e, portanto, no instante em que Caratis renegou formalmente seus votos – dizia o filósofo – ela deixou de ser uma sacerdotisa. Dessa forma, o sangue derramado sobre a mesa do Tabernáculo do acampamento deixa de pertencer a um membro do clero, e assim a runa desaparecerá.

– Mas quando foi derramado, o sangue era de uma sacerdotisa!

– O general disse que a morte do sacerdote apaga a runa,

lembra-se? Agora, para todos os efeitos, a sacerdotisa morreu. Só existe Caratis, a amante de Goralos.

– Você disse que este sempre havia sido seu plano... Fazê-la renunciar ao clericato.

– Compreendeste bem, ó mercenário.

– Não use mais esse tom comigo, certo? É irritante, "ó" pra cá, "ó" pra lá.

– Tudo bem.

– Como eu ia dizendo... e se ela fosse mesmo uma prisioneira? Como você iria induzi-la a renunciar?

– Eu só precisaria pedir – Hieron respondeu. – E explicar que, com sua renúncia, o cerco poderia prosseguir. Ela com certeza iria obedecer, no mínimo por patriotismo.

– E como aquele louco Goralos não percebeu o estratagema?

Hieron deu de ombros:

– Como você mesmo diz, ele é louco. Além disso, nem mesmo o general chegou a sugerir que fizéssemos Caratis renunciar... a ideia, ao que tudo indica, nunca ocorreu a este povo. Para eles, a única forma de deixar a Igreja é morrendo. Ah! Vê o que fazem as religiões? Interpretam metáforas tolas como se fossem enunciados concretos. E aí é preciso um filósofo leigo para colocar as coisas de volta nos devidos lugares. Fico imaginando quantas vezes isso já não aconteceu...

– Ou talvez a renúncia simplesmente não funcione – sugeriu Maabal.

– É melhor funcionar – respondeu Hieron, com um suspiro. – Nossa única chance é ter a cidade invadida e ocupada antes que os "Mestres Secretos" resolvam brincar conosco.

– Oh, que maravilha...

– Estarei sentindo um certo derrotismo em sua voz, ó poderoso guerreiro?

– E o que mais nos resta, ó zenariano?

Como resposta, Hieron apontou para a bolsa que trazia atada à cintura, e que os guardas não haviam se dado ao trabalho de confiscar (a bolsa de moedas de Maabal também continuava em poder do guerreiro). Ali, o filósofo guardava suas ervas medicinais e venenos... uma promessa de morte rápida, no lugar do suplício nas mãos de sacerdotes enlouquecidos e necromantes.

Os dois continuaram a conversar por algum tempo, e então a porta de aço da cela se abriu. Dois guardas entraram e puseram argolas nos punhos e tornozelos da dupla, enquanto outros dois, armados com lanças e espadas curtas, esperavam junto ao batente. Os prisioneiros foram escoltados pelo corredor de rocha cinzenta, iluminado por tochas e por um musgo vermelho e fluorescente, e depois escadaria acima, de volta à superfície.

O Sol se punha.

A escolta os levou de volta ao jardim interno do palácio. Desta vez, Hieron aproveitou para lançar um olhar crítico às estruturas ao seu redor. Ele sabia que o palácio de Goralos não ficava muito longe dos Umbrais de Ashivaz (nome dado ao portão principal de toda e qualquer cidade em Lirasa) e, como engenheiro responsável pelo cerco, interessava-lhe ver o tipo de dano que suas catapultas haviam causado. O resultado, no entanto, foi decepcionante.

Em nenhum ponto dos vários arcos, colunas e balcões ao redor do jardim interno havia qualquer sinal de fraturas causadas pelo impacto de rochas. Claro, a maior parte da barragem das catapultas se concentrava nas muralhas, mas Hieron havia projetado duas ou três armas de longo alcance para espalhar o terror nas ruas e praças de Cadira. Ele imaginou se o palácio de Goralos não cobriria uma área muito extensa; nesse caso, talvez as rochas tivessem destruído outras alas e outros jardins. O zenariano teve vontade de perguntar algo a respeito a um dos guardas, mas se conteve.

De qualquer forma, uma inspeção mais detalhada revelou pequenas depressões e algumas lascas faltando em diversas colunas, e perfurações em muitas árvores. Essa constatação prontamente restabeleceu o orgulho profissional do zenariano. Sem sombra de dúvida, aquelas marcas haviam sido feitas por dardos – e que dardos viajariam tão longe, senão os lançados pelas máquinas (que, apesar de não se parecerem nem um pouco com seres humanos, eram às vezes chamadas de "arqueiros mecânicos") que o próprio Hieron havia criado?

O zenariano poderia ter continuado a congratular-se indefinidamente, não fosse o novo objeto que, de repente, ocupou a porção principal de seu ângulo de visão: uma grande jaula de madeira, colocada bem no centro de um círculo de árvores carregadas com as ameaçadoras frutas-maças.

A escolta os conduziu até a entrada daquele lugar. Então Maabal e Hieron tiveram as algemas retiradas e foram empurrados jaula adentro. Menos que duas respirações depois, uma chave de bronze girou na pesada fechadura de madeira.

Os quatro guardas se afastaram, e durante algum tempo não houve sinal de movimento no jardim. Com cuidado, Maabal se aproximou das grades e se pôs a testá-las.

– Madeira tratada – ele disse, passando a mão pela superfície de uma das barras. – Sob vários aspectos, firme como aço. Mas talvez seja quebradiça; quem sabe? Vou tentar...

Sem completar a frase, o tiblosiano crispou os punhos ao redor de duas barras e passou a puxá-las de encontro ao próprio peito. Músculos que mais pareciam cordames de navio se retesaram, e uma intrincada rede de veias se tornou visível nas mãos, braços e pescoço. Os dentes rilhavam com o esforço.

Por um instante, Maabal quase imaginou sentir as fibras esgarçadas da madeira, e chegou mesmo a ouvir aquele som que não é um exatamente um som, mas o mero prenúncio de um ruído – no caso, do estalo seco de madeira partida.

E então, com grito de dor, ele soltou as barras, o impulso acumulado arremessando-o de encontro à parede oposta.

Olhando para as barras que o guerreiro havia agarrado, Hieron viu manchas de sangue cobrindo centenas – não, milhares – de pequenas agulhas, longas e delgadas como as espinhas venenosas de certas espécies de peixe. Aos poucos, esses espinhos foram deixando de existir, fundindo-se de volta à madeira da prisão, refluindo como o mercúrio que deixa o bulbo do barômetro. O próprio sangue desapareceu, como uma nuvem desfeita pelo vento.

– A jaula está viva – murmurou o zenariano, sem tentar esconder o espanto na voz. Sangue fluía não apenas das palmas de Maabal, mas também de minúsculos furos no *dorso* das mãos.

– Muito bem observado – disse Goralos, emergindo de entre as árvores em frente à porta da cela. – Quase me orgulho de tê-lo como "discípulo". Pena que não será por muito tempo. O sangue retirado pelas agulhas será purificado nas fibras da madeira mágica, e dentro de alguns momentos a jaula irá transpirar pequenos cristais, como estes – Goralos esticou uma mão espalmada, mostrando uma dezena de pequenos pontos vermelhos, como pó de rubi. – Neles estarão amostras das Espirais da Vida de seu amigo. Uma vez que os cristais tenham sido destilados e decantados por outras partes deste jardim, eu e meus Mestres saberemos o suficiente... para começar.

* * *

Durante os três dias e duas noites seguintes, Hieron e Maabal foram minuciosamente estudados. Por mais que tentasse evitar contato da pele com as barras da cela, o zenariano, em determinado momento, precisou dormir – o que significava deitar-se sobre o piso da jaula; ele não conhecia a arte de dormir em pé, tão cara a vigilantes e sentinelas.

Foi logo na primeira noite (na verdade, o sol estava quase a nascer; Hieron havia lutado bravamente contra o sono, mas as flores ao redor agora produziam uma fragrância narcótica) que os enxames de agulhas o transfixaram pela garganta e pulsos. Ele acordou, sobressaltado, não pela dor da entrada das farpas afiadas, mas pela dor da brusca *remoção*; e sua porção cientista maravilhou-se com a pequenez dos furos, delgados a ponto de impedir qualquer hemorragia maior. Os pequenos resíduos de sangue, no pescoço e punhos, não seriam maiores que gotículas de suor.

O restante do tempo, Hieron passou tentando compreender

a mecânica do jardim. Algumas horas depois de ter sofrido o ataque das agulhas, ele percebeu pequenas cristalizações – como as escamas de sal que às vezes se formam nas madeiras à beira-mar, só que vermelhas – sobre as barras da cela. Pouco depois, Goralos e Caratis vieram pessoalmente, emergindo de um dos arcos de mármore ao redor do jardim. Sorrindo (mas sem dizer qualquer palavra) o casal se pôs a recolher, com o auxílio de uma lâmina prateada, os minúsculos poliedros rubros. O pó então foi misturado e macerado dentro de uma cabaça branca, e oferecido como alimento a certas libélulas douradas que revoavam nas proximidades.

Com não pequeno espanto, Hieron viu os insetos, do tamanho de pombos, pousarem gentilmente sobre as pontas dos dedos de Caratis e, usando as pequenas patas dianteiras, devorarem com avidez o pó escarlate, depositado na palma da mão da mulher.

Cada libélula aguardou, pacientemente, a sua vez. Eram pelo menos sete, e as que esperavam davam voltas ao redor da cabeça de Goralos. A cor dourada e o movimento circular fizeram Hieron pensar na evolução do Sol ao redor da Terra (ou o contrário, pois o tema ainda era motivo de disputa na Academia).

Depois de alimentadas, no entanto, as libélulas perderam a cor; suas asas moviam-se cada vez mais devagar, ao ponto de se tornarem visíveis. Finalmente os insetos caíram, mortos, sobre o gramado, onde foram rapidamente devorados por um verdadeiro exército de vaga-lumes e pirilampos carniceiros. Era dia claro, mas os pequenos abutres brilhavam como joias: em verde, branco, púrpura e lilás. A cada libélula consumida o brilho aumentava, até que os pirilampos eram como pequenos sóis ardentes, estrelas e focos de chama. Zumbindo com o que parecia ser uma profunda satisfação sensual, os comedores de carniça foram, então, pousar no seio de belas flores carnívoras.

Até onde Hieron podia ver, esse era o último estágio: as pétalas se fechavam em espirais gentis, e as flores, cada uma à sua maneira, sofriam mudanças – algumas desabrochavam em inaudito esplendor, expelindo nuvens de pólen azul; outras apodreciam em questão de segundos, desfazendo-se em poeira negra e lodo; outras, ainda, produziam frutos e sementes.

A tudo Goralos e Caratis assistiam com grande interesse. E uma vez concluído o processo, o bispo e sua consorte se apressaram a recolher todo o lodo, poeira, frutos e sementes – mas dedicando especial atenção ao pólen azul.

Nos outros dias, experimentos semelhantes tiveram lugar. Certa vez Maabal recebeu uma ração que o fez vomitar; o vômito então foi usado como adubo em um determinado canteiro, e dali desabrochou uma folhagem rosada como carne crua, e que parecia pingar sangue. Em outra oportunidade, um grupo de guardas entrou na jaula e, enquanto alguns mantinham Maabal à distância (usando para isso espadas nuas) outros imobilizaram Hieron, introduzindo, sob sua pálpebra esquerda, um pequeno aparelho de bronze que o impedia de fechar o olho correspondente. Alguns mosquitos então vieram e beberam diretamente da superfície do globo.

Assim se passaram três dias e duas noites; e Hieron já não acreditava mais que a renúncia de Caratis tivesse surtido algum efeito sobre a runa do Tabernáculo do acampamento, tão próximo, mas, para todos os efeitos, tão distante.

* * *

Na terceira noite, Hieron e Maabal viram emergir da gruta junto à parede de mármore (as árvores que haviam bloqueado a passagem tinham saído do caminho) uma figura encapuzada e toda vestida de negro. Os dois prisioneiros deduziram que aquela devia ser uma pessoa importante, pois Goralos e Caratis logo surgiram, por entre as árvores, para saudá-la. Com inúmeras vênias e reverências, o bispo e a ex-sacerdotisa conduziram o visitante até a jaula no centro do jardim.

Ali o estranho deixou cair sua capa e capuz, revelando uma cabeça nua e rapada, um rosto tatuado. Sob o traje negro, o homem vestia um manto de plumas listradas.

As tatuagens no rosto eram de um tipo especial: no lugar das sobrancelhas (provavelmente rapadas) havia o perfil de duas serpentes emplumadas, encarando-se, ferozmente, sobre o cenho; já os lábios estavam cobertos por figuras abstratas, feitas de quadrados e ângulos retos.

O manto de plumas (amarelas, com listras marrons) descia até os joelhos. O homem calçava sandálias de couro.

– Mestre – disse Goralos, ensaiando mais uma reverência. Ao observá-lo, Hieron notou certa reticência em seus modos e atitudes. Estaria o bispo desconfiado? –, estes são os espécimes humanos. Nenhum deles é do povo desta cidade, ou de uma das raças de mercenários que me servem.

– Bom – respondeu o estranho. – Cidadãos e servos leais devem ser poupados, sempre. Os testes... ?

– Obtivemos pólen azul e folhas de carne – respondeu o bispo. – O que é um bom sinal.

– Deveras – concordou o estranho emplumado. – Você aprendeu bem.

Enquanto transcorria o diálogo, o rosto de Maabal, ao poucos, se transformava em uma verdadeira máscara de ódio. A aparência daquele estranho de sobrancelhas tatuadas, as vozes, o tom da conversa, como se ele e Hieron não passassem de animais... tudo parecia pedir por mais uma de suas gargalhadas sanguinárias, talvez a última de todas, e uma investida final contra as barras. Por uma morte em combate, e não num suplício covarde.

Já Hieron, convencido de que o "Mestre" era, de fato, um necromante de Tecaa – o manto emplumado não deixava dúvidas a esse respeito – levava a mão à bolsa de plantas e drogas medicinais que os guardas não haviam se dado ao trabalho de retirar de sua cintura. Escondidos em meio à costura do tecido, havia alguns cristais minúsculos de âmbar, impregnados com o pó verde de Arilug; o suficiente, na verdade, para enviá-lo às alturas do êxtase e, em seguida, rumo aos abismos de uma morte indolor.

Nenhuma dessas manobras suicidas chegou, no entanto, a se completar. Pois, no exato instante em que Hieron sentia a textura das arestas do âmbar impregnado contra as pontas de seus dedos – o mesmíssimo instante em que Maabal tomava fôlego para sua arremetida final – alguma coisa, um *saco* ou *glóbulo* do tamanho aproximado de um carneiro, caiu dos céus e atingiu o "Mestre" em cheio entre os ombros, arrojando-o de encontro ao solo. O glóbulo então explodiu com a força do impacto, espalhando um líquido quente, viscoso e escuro por sobre o tecaano e em toda a área ao redor.

Sob a luz das tochas e pirilampos, Hieron logo reconheceu a substância.

– Afaste-se! – ele gritou para Maabal, recuando para longe das grades respingadas com a resina dourada. – Não toque nessa coisa!

– O que é... ?

– Zeiros, o noviço – Hieron disse, mais para si mesmo do que para qualquer outra pessoa. – Ele deve estar usando estômagos de mastodontes recém-abatidos, para preservar o calor, e as catapultas novas, mais poderosas. Essa munição de bucho e resina é mais leve que as pedras, e tão aerodinâmica quanto. Portanto voa mais longe. E...

Um segundo glóbulo caiu do céu, desta vez atingindo a jaula em cheio. A estrutura de madeira balançou quando o estômago de mastodonte explodiu, espalhando a resina. Hieron despiu a camisa, respingada pelo líquido, e usou o pano para remover as gotas que lhe caíram sobre a pele, exortando Maabal a fazer o mesmo. O guerreiro não entendia nada do que estava acontecendo, mas imaginou que talvez aquela cola cor de mel fosse algum tipo de veneno... Talvez.

Goralos e Caratis ainda não se haviam movido. Muito provavelmente, estavam paralisados de surpresa. Goralos, de sua parte, temia que aquela estranha chuva fosse o castigo dos deuses, profetizado por Hieron.

Até então, o jardim só havia sido atingido por salvas (quase sempre inócuas, graças à proteção das árvores) de dardos. Agora mesmo, os galhos mais altos já começavam a crescer e desabrochar, estendendo seu dossel protetor. Mas era inútil: o terceiro estômago esmagou folhas e quebrou ramos e gravetos, vindo aterrissar ao pé de um dos arcos de mármore do palácio.

O Mestre Emplumado não se movera desde que fora atingido. O líquido já formava uma crosta dourada sobre sua nuca e cabeça, e se ele não estivesse morto – ainda – logo estaria, sufocado pela resina.

Goralos teve certeza: era o castigo dos deuses. Ele jamais deveria ter sondado os mistérios das Espirais da Vida; jamais deveria ter tomado uma virgem inquisidora para si. *Vaidade*, pensou, *oh, vaidade*...

O duelo entre resignação religiosa e vontade de viver foi feroz, mas breve. Ele então tomou Caratis pelo pulso e tentou arrastá-la para longe dali. Mas quando bispo e ex-papisa tentaram correr em busca de abrigo, já era tarde demais.

– Não consigo me mover! – gritou Caratis. Estou presa...

– Nem eu! – respondeu Goralos, apalermado. – Perdão, ó deuses! – E ele começou a chorar.

O fato é que uma boa quantidade de resina havia se espalhado ao redor dos pés do casal, e secado. Agora, a massa dourada como que cimentava os dois ao gramado.

A salva de dardos com pontas de fogo veio logo em seguida.

A primeira lança flamejante cravou-se em cheio sobre o "elmo" de resina que cobria a cabeça do tecaano, causando uma explosão de luz e calor igual àquela que Hieron havia testemunhado no acampamento. Fagulhas escaparam dali e atingiram tanto a jaula quanto a poça de resina seca aos pés de Caratis e Goralos. Novas explosões, mais fogo – que ardia em chamas brancas como a luz das estrelas.

Hieron e Maabal não prestaram atenção aos gritos de agonia de seus captores, preferindo manter a concentração fixa nas chamas que devoravam a cela. Em breve, eles sabiam, as barras estariam fracas o suficiente para serem quebradas pelo impacto de um corpo humano em corrida desesperada. Se esperassem demais, o teto em chamas cairia sobre suas cabeças; se partissem muito cedo, havia o risco de que as agulhas da madeira viva – agora ardendo em brasa – os transfixassem de forma letal.

Ao redor, o jardim e o palácio eram consumidos pelo fogo. A luz da resina em chamas era tão forte quanto a do Sol, e tudo que não estivesse queimando era visível com uma nitidez quase dolorosa. Enquanto tentava calcular o tempo exato para a investida contra as grades ardentes, Hieron se perguntou por que ele nunca havia pensado em usar dardos em chamas antes. Afinal, com ou sem resina, o jardim era um lugar de alta combustibilidade.

Ora, seu idiota, ele respondeu a si mesmo. *Você não sabia que havia um jardim!*

É verdade, disse a parte de seu ego que se ofendera ao ser chamada de "idiota". *Eu não sabia.*

– Corra! – gritou Maabal. – O teto está cedendo. Corra!

Eles correram. As grades se desfizeram como areia ao impacto, mas os dois ainda tiveram algumas queimaduras nos ombros, cotovelos e bíceps, além de chamuscar barba e cabelo. A rota de fuga era óbvia: rumo à gruta, e dali para o acampamento.

A passagem pela gruta estava obstruída, no entanto. O túnel descia apenas alguns poucos passos, e terminava abruptamente. Com a morte do tecaano, a magia que sustentava a passagem deixara de funcionar.

Eles então correram para dentro do palácio, tomaram dois soldados de assalto (Maabal quebrou ambos os pescoços com as mãos nuas) e roubaram armas e armaduras. Depois, seguindo o fluxo dos acólitos e da criadagem em pânico, chegaram à rua.

Foi ali, olhando para a via pavimentada com blocos de granito e para as casas e palácios de barro, madeira e pedra, que os dois compreenderam o poder na nova arma criada pelo noviço Zeiros: nobres, soldados, comerciantes – até crianças – encontravam-se presos, colados ao chão, às calçadas, às paredes, às colunas sagradas onde repousava a figura do touro Balaur, onde quer que houvesse explodido um dos estômagos de mastodonte, ou onde quer que houvesse respingado uma quantidade grande o suficiente da resina. E essas pessoas queimavam, queimavam e gritavam. Um homem, preso à parede de uma casa pelo braço esquerdo, assistia, horrorizado, enquanto seu membro era consumido pela chama branca. Algumas mulheres, carregando baldes de água, tentavam apagar as piras humanas, mas a chama branca era quente demais, evaporando a água quase sem perder energia. Outros tentavam cortar através das crostas de resina, com facas ou espadas; e esses Hieron encarava com tristeza, lembrando-se da experiência a que assistira na floresta fora do acampamento, envolvendo machado e escudo.

As casas de palha e madeira ardiam até as fundações; as de barro e tijolo tornavam-se quebradiças, ou simplesmente explodiam. Os frisos e relevos de metal precioso das casas nobres derretiam-se, e o ouro, o bronze e o electrum líquidos escorriam pelas sarjetas.

Em meio a todo esse tumulto, parando apenas para evitar colidir com algum desesperado, aparar golpes à direita ou à esquerda e driblar os respingos da perigosa resina cor de âmbar, os dois correram, numa linha o mais reta possível, rumo ao portão principal da cidade. E eles já estavam bem próximos do Umbral de Ashivaz quando foram atacados pelo que parecia ser uma patrulha organizada. Soldados surgiram de todos os lados, dezenas deles, gritando pragas incompreensíveis, espadas em riste.

Hieron aparou um primeiro golpe no fio de sua espada e, em vez de recuar, fez a ponta da arma deslizar, com rapidez e elegância, por sobre a lâmina do adversário, ferindo-o no olho direito; já Maabal girava sua espada sobre a cabeça, criando ao redor de si um perímetro mortal que nenhum homem ousaria cruzar.

– Capitão Maabal! – alguém gritou, em meio aos atacantes. – Parem, seus cretinos! É o capitão!

Logo, o ataque cessou. Os homens eram membros da tropa de mercenários comandada pelo próprio Maabal; a invasão da cidade já havia começado e, como de costume, os mercenários haviam sido enviados como a primeira linha de ataque.

E então Maabal riu. Só que desta vez não havia qualquer sinal de sede de sangue ou de paixão pela morte em sua gargalhada.

* * *

– Outra jaula. Acho que vou acabar me acostumando a isso – disse Maabal, desolado.

A alegria causada pelo encontro do tiblosiano com seus subordinados durara pouco. Ao retornarem ao acampamento, o mercenário e o engenheiro viram, logo à entrada do Tabernáculo, um "X" de madeira, do qual pendia um homem morto. Crucificado.

Era o general Bacalos.

Hieron e Maabal sequer tiveram tempo de reagir antes que um batalhão de lanceiros lirasianos os cercassem. A companhia do tiblosiano havia sofrido duras perdas ao liderar a primeira onda da invasão, e não havia como resistir. Eles se renderam.

A história, até onde os dois tinham conseguido compreender, era a seguinte: Imalos, um "jovem, dedicado e leal noviço, injustamente arrancado de sua cerimônia de batismo, acusado de traição e escravizado" (palavras do Conselho de Bispos) havia enchido a cara para afogar as mágoas – o campo dos escravos da engenharia era uma senzala das mais liberais, por ordem do próprio Hieron – e, bêbado, tinha dado a entender que a papisa Caratis ainda estaria viva, e que o general Bacalos tinha provas disso. (*Esse Imalos realmente fica esperto quando bebe*, Hieron pensou).

Tais alegações chegaram ao conhecimento dos bispos que, intrigados, decidiram realizar uma investigação – se através de magia, tortura, ou ambos, não estava claro – que os levou a concluir que o general Bacalos estava planejando, com a ajuda de "elementos alienígenas", o assassinato de um alto membro da hierarquia da Igreja.

Os bispos viram então a marca sobre a mesa do Tabernáculo, e viram-na desaparecer (a renúncia de Caratis havia funcionado, afinal). A explicação de Bacalos não convenceu ninguém, e o general foi imediatamente posto a ferros, torturado até confessar seu plano e, em seguida, crucificado.

Fora esses pequenos contratempos, o resto aconteceu como o general havia previsto: já que a papisa estava morta, não havia motivos para adiar a invasão. Somando-se a isso, o jovem Zeiros, promovido a chefe da Artilharia devido à ausência de Hieron (e ao fato de que agora havia uma ordem de prisão contra o zenariano, claro), decidira testar sua nova resina; uma manada de mastodontes migratórios havia sido abatida para esse fim.

Imaginando que talvez os assassinos de Caratis talvez ainda estivessem vivos (uma possibilidade remota, mas nunca se sabe...), os bispos haviam dado as posições mais perigosas à tropa de Maabal, para evitar que o mercenário obtivesse apoio quando fosse encontrado e preso.

– Mundo doido, não? – disse Hieron.

– Nem me diga – respondeu Maabal. – Imalos, herói! E nós? Vamos ser crucificados?

– Acho que sim. Ou talvez resolvam queimar a gente junto com a capela, como parte do agradecimento aos deuses. Quem sabe? Olha, eles levaram minha bolsa, mas ainda tenho alguns âmbares de Arilug escondidos. Em último caso...

– Um guerreiro deve morrer sangrando – disse Maabal, como quem dá o assunto por encerrado.

* * *

Imalos (agora, monsenhor Imalos) foi visitá-los logo após o pôr do sol. Ele dispensou o guarda, mas se manteve a uma distância segura. A jaula ficava ao ar livre, e havia fogueiras próximas. Ao longe, quem olhasse naquela direção veria os vultos dos prisioneiros e dos eventuais guardas e visitantes, mas perderia quase todos os detalhes.

Imalos disse:

– Vocês querem escapar?

Hieron e Maabal apenas olharam um para o outro. Nenhum deles disse nada.

– Vocês querem escapar? – repetiu.

– Que pergunta é essa? – respondeu Hieron, irritado. –

Não, estamos ansiosos para morrer na cruz... *Claro* que queremos escapar!

– Você, guerreiro – disse o monsenhor. – O guarda que o revistou disse que você possuía uma grande bolsa de moedas.

Maabal ergueu uma sobrancelha. Por algum tempo, pareceu que essa seria sua única resposta, mas por fim ele disse:

– Sim? E daí?

– Uma *grande* bolsa – repetiu Imalos. – Cheia de libras. Libras *pesadas*. Uma pequena fortuna.

– Hmmmm... e daí? A bolsa foi confiscada pela Igreja. Eu não...

– Não brinque comigo – disse o monsenhor. – Sou esperto. Se não fosse esperto, ainda seria um traidor e um escravo – ele sorriu. – Ninguém anda com tanto dinheiro assim, guerreiro. Ninguém. A menos que tenha um tesouro muito maior em outra parte.

Ou que o dinheiro seja falso, Hieron pensou. E anotou mentalmente: *Ele está sóbrio.*

– Então você quer saber onde estão minhas outras libras? É isso? – perguntou Maabal.

– Exatamente. Você me diz, e eu solto vocês.

– Não. Você nos solta, e eu digo.

– Não barganhe, tiblosiano! Eu posso extrair o segredo sob tortura...

– E aí toda Lirasa vai ficar sabendo. Assim que o verdugo encostar um dedo em mim, eu vou gritar... e gritar... e...

– Certo, certo! O que você quer?

– Dois cavalos. Provisões. Armas. Guardas distraídos.

– *Três* cavalos – emendou Hieron. – Está bem?

– Três, então – disse Maabal.

– Amanhã à noite?

– Perfeito.

– Não pense em me trair, tiblosiano!

– De maneira alguma...

* * *

Os dois amigos, mais o jovem Zeiros, haviam acabado de cruzar a fronteira entre o reino civilizado de Lirasa e as florestas selvagens de Bomuro. O Sol começava a nascer.

– Por que veio conosco, Zeiros? – perguntou Maabal. Era a primeira vez que davam descanso aos cavalos.

– Bem, eu...

– Zeiros foi nos visitar, um dia antes de Imalos. Lembra-se? – disse Hieron.

– Eu estava dormindo – respondeu o tiblosiano.

– Além de prestar sua solidariedade, Zeiros veio me contar um problema.

– Problema? Alguma garota, rapaz?

– Não... nada disso – o noviço sentiu o rosto ficar vermelho. – Só que...

– Queriam cortar a cabeça dele – resumiu Hieron.

– *Por quê?* – Maabal parecia realmente surpreso.

– Bem... o corpo do bispo Goralos... estava todo carbonizado. Não havia uma cabeça para embalsamar, como o Patriarca havia pedido. E...

– Decidiram que a culpa era dele – emendou Hieron, rindo. – Porque inventou a resina e deu a ideia de usar os dardos incendiários.

– Iam enviar minha cabeça ao Patriarca, para o festival – o jovem concluiu.

Hieron e Maabal irromperam em gargalhadas. Depois de uma pausa, Zeiros uniu-se a eles.

Quando a risada sossegou, Hieron perguntou ao tiblosiano:

– E Imalos? O que você disse a ele, Maabal?

– Eu? Eu cumpri minha parte: disse a ele exatamente onde minha tropa havia guardado as moedas de chumbo. Nós as colocamos em um baú e o enterramos, para manter a prova da fraude em um lugar seguro... e para trocá-las pela indenização, quando viesse. Claro, com quase toda a companhia morta durante a invasão e eu condenado a assar na pira da capela, aquele baú realmente ia acabar virando um "tesouro escondido". Ah!

– Para onde você vai agora?

– Oeste – respondeu o tiblosiano, sem hesitar. – Por mais que me doa admitir, zenariano, gostei da forma como você usa a espada... Acho que vou até Satena, tomar umas aulas de esgrima.

Hieron sorriu. Depois disse:

– Eu vou para sudeste. Depois de ouvir você praguejar dias a fio em nome de Hermal e Totamat, fiquei com vontade de conhecer esses deuses.

– O Colosso de Totamat é uma visão e tanto – disse Maabal, pensativo. – Mas também tem seus mistérios.

– Eu não iria de outra forma. E você, garoto?

– Acho... que vou seguir a oeste. Não até Zenária, mas para me embrenhar nas selvas de Bomuro. Que tipo de plantas podem existir ali?

– Bem... adeus, então – disse Maabal.

– Até mais – corrigiu Hieron. – Darach não é um mundo tão grande assim, ó poderoso guerreiro!

Maabal esporeou o cavalo e partiu, gargalhando, seguido de perto por Zeiros. Já Hieron se deteve por ali algum tempo, a observá-los, até que o riso desapareceu no horizonte.

Este livro foi impresso em papel pólen bold na Renovagraf em agosto de 2015.